अन्धेर नगरी

भारतेन्दु हरिश्चन्द्र कृत

अन्धेर नगरी

(नाटक)

सम्पादक
डॉ. परमानन्द श्रीवास्तव
गोरखपुर यूनिवर्सिटी

लोकभारती प्रकाशन

पर हिन्दी साहित्य अपने पुराने रास्ते पर ही पड़ा था! भारतेन्दु ने उस साहित्य को दूसरी ओर मोड़कर हमारे जीवन के साथ फिर से लगा दिया। इस प्रकार हमारे जीवन और साहित्य के बीच जो विच्छेदन पड़ रहा था उसे उन्होंने दूर किया। हमारे जीवन और साहित्य के बीच जो विच्छेदन पड़ रहा था उसे उन्होंने दूर किया। हमारे साहित्य को नये-नये विषयों की ओर प्रवृत्त करने वाले हरिश्चन्द्र ही हुए।"

—रामचन्द्र शुक्ल

लोकभारती प्रकाशन
पहली मंजिल, दरबारी बिल्डिंग, महात्मा गाँधी मार्ग
प्रयागराज-211 001

वेबसाइट : www.lokbharatiprakashan.com
ईमेल : info@lokbharatiprakashan.com

शाखाएँ : 1-बी, नेताजी सुभाष मार्ग, दरियागंज
नयी दिल्ली-110 002
अशोक राजपथ, साइंस कॉलेज के सामने
पटना-800 006 (बिहार)
36-ए, शेक्सपियर सरणी
कोलकाता-700 017

संस्करण : 2022

जे.के. आर्ट प्रेस
प्रयागराज द्वारा मुद्रित

ANDHER NAGARI
Edited by Dr. Parmanand Srivastava

ISBN : 978-93-86863-28-7

मूल्य : ₹ 110

समर्पण

मान्य योग्य नहिं होत कोऊ कोरो पद पाये।
मान्य योग्य नर ते, जे केवल परहित जाये।।
जे स्वारथ-रत धूर्त हंस से काक-चरित-रत।
ते औरन हत बंचि[1] प्रभुहि नित होहिं समुन्नत।।
जदपि लोक की रीति यही पै अन्त धर्म्म जय।
जौ नाहीं यह लोक तदपि छलियन अति जम भय।।
नर सरीर मैं रत्न वही जो परदुख साथी।
खात पियत अरु स्वसत स्वान मण्डुक अरु भाथी[2]।।
तासों अब लौं करी, करी सों, पै अब जागिय।
गो श्रुति भारत देस समुन्नति मैं नित लागिय।।
साँच नाम निज करिय कपट तजि अन्त बनाइये।
नृप तारक हरि-पद भजि साँच बड़ाई पाइये।।

---

1. गुणगानकर।
2. धौंकनी।

छेदश्चन्दनचूतचम्पकवने रक्षा करोरद्रुमे:
हिंसा हंसमयूरकोकिलकुले काकेषुलीलारति:।
मातंगेन खरक्रय: समतुला कर्पूरकार्पासयो:
एषा यत्र विचारणा गुणिगणे देशाय तस्मैनम:।।

[जो चन्दन, आम तथा चम्पा-वन को काटकर कीकर के वृक्ष की रक्षा करता है, जो हंस, मोर और कोयल के प्रति हिंसक होकर काक-लीला में रुचि लेता है, जो हाथी के बदले गधा खरीदता है और कपूर एवं कपास को (उनके श्वेत रंग के कारण) एक-सा मानता है (और) जहाँ के 'गुणीजन' ऐसे ही विचार रखते हों, उस देश को नमस्कार है।]

भूमिका

भारतेन्दु युग

भारतेन्दु आधुनिक हिन्दी साहित्य के इतिहास में एक नयें युग के निर्माता के रूप में याद किये जाते हैं। 'भारतेन्दु युग' का अर्थ है—उन्नीसवीं शताब्दी का उत्तरार्द्ध। 1850 में भारतेन्दु का जन्म हुआ—एक ऐसे सम्पन्न परिवार में, जिसमें राजभक्ति की अपनी परम्परा थी। 1868 में भारतेन्दु ने 'कवि वचन सुधा' का प्रकाशन आरम्भ किया। फिर नाम और रूप बदलकर कुछ अन्य पत्रिकाएँ प्रकाशित कीं—हरिश्चन्द्र मैगजीन, हरिश्चन्द्र चन्द्रिका और नवोदिता हरिश्चन्द्र चन्द्रिका। यह सिलसिला जीवन भर चला। आधुनिक युग के निर्माण में इन पत्रिकाओं की भूमिका अत्यन्त महत्त्वपूर्ण थी। 1873 में भारतेन्दु ने घोषणा की—'हिन्दी नयी चाल में ढली।' इस 'नयी चाल' में भाषायी विशिष्टता के साथ नयी विचारधारा, नयी सामाजिक चेतना भी निहित थी। 23 मार्च, 1874 की 'कवि वचन सुधा' में भारतेन्दु का प्रतिज्ञा पत्र छपा—"हम लोग आज के दिन से कोई विलायती कपड़ा न पहिनेंगे।" इस घोषणा का आगे के तीव्रतर स्वाधीनता संघर्ष से क्या सम्बन्ध है, बताने की जरूरत नहीं। महत्त्वपूर्ण तथ्य यह है कि भारतेन्दु के जन्म से पहले भी ऐसे संगठन रूप ले चुके थे जिनका उद्देश्य था राजनीतिक-सामाजिक जागरण। भारतेन्दु ने इस बीच

निबन्ध, नाटक, उपन्यास लिखे, कविताएँ लिखीं, समसामयिक विषयों पर टिप्पणियाँ लिखीं, अनुवाद किये, अपना एक लेखक मण्डल, फिर लगभग अपना स्वतन्त्र रंगमण्डल बनाया, यात्राएँ कीं, नाटक खेले, जनता के कष्टों की गाथा शासकों तक पहुँचाने की कोशिश की, राजभक्ति के परम्परा-निर्वाह के बावजूद साम्राज्यवादी शोषण की रीति-नीति समझी, अंग्रेजी भाषा की अधीनता के विरुद्ध जनता को सचेत करते हुए लिखा—'निज भाषा उन्नति अहै सब उन्नति को मूल'। 'सब उन्नति' भारतेन्दु की मुख्य चिन्ता थी जिसमें नवजागरण का आरम्भिक स्वर घुला-मिला था। उसके अभाव में स्वाधीनता के लिए संघर्ष की कल्पना कठिन थी। भारतेन्दु की विचारधारा और सामाजिक दृष्टि का प्रतिनिधि नाटक 'अन्धेर नगरी' 1881 में लिखा गया। 1885 में भारतेन्दु की मृत्यु हुई। इस युग-निर्माता लेखक को कुल पैंतीस वर्ष का जीवन मिला। इसी अवधि में भारतेन्दु को अपने समय के कई द्वन्द्वों से गुजरना पड़ा—राजभक्ति और देशभक्ति का द्वन्द्व, वैष्णवता और आधुनिक प्रगतिशील विचारधारा का द्वन्द्व, दरबारी संस्कृति और जन-संस्कृति का द्वन्द्व। इस युग के महत्त्व को स्वीकार करते हुए प्रसिद्ध आलोचक रामविलास शर्मा का कहना है, "वास्तव में ऐसा सजीव और चेतना युग हिन्दी में एक ही बार आया है।"

भारतेन्दु का महत्त्व

आचार्य रामचन्द्र शुक्ल ने भारतेन्दु हरिश्चन्द्र के महत्त्व को स्वीकार करते हुए लिखा है—"भारतेन्दु हरिश्चन्द्र का प्रभाव भाषा और साहित्य दोनों पर बड़ा गहरा पड़ा। उन्होंने जिस प्रकार गद्य की भाषा को परिमार्जित करके उसे बहुत ही चलता, मधुर और स्वच्छ रूप दिया, उसी प्रकार हिन्दी साहित्य को भी नये मार्ग पर लाकर

खड़ा कर दिया।...इससे भी बड़ा काम उन्होंने यह किया कि साहित्य को नवीन मार्ग दिखाया और उसे वे शिक्षित जनता के साहचर्य में लाये।'' शुक्ल जी ने भारतेन्दु का मूल्यांकन करते हुए हिन्दी साहित्य की तत्कालीन सीमाओं को भी ध्यान में रखा और लिखा—''पर हिन्दी साहित्य अपने पुराने रास्ते पर ही पड़ा था। भारतेन्दु ने उस साहित्य को दूसरी ओर मोड़कर हमारे जीवन के साथ फिर से लगा दिया। इस प्रकार हमारे जीवन और साहित्य के बीच जो विच्छेद पड़ रहा था उसे उन्होंने दूर कर दिया। हमारे साहित्य को नये-नये विषयों की ओर प्रवृत्त करनेवाले हरिश्चन्द्र ही हुए।''

भारतेन्दु का व्यक्तित्व

रामविलास शर्मा ने 1953 में अपने कवि-मित्र केदारनाथ अग्रवाल को पत्र लिखते हुए भारतेन्दु के व्यक्तित्व के बारे में लिखा है—''वाह, क्या गजब का आदमी था।...दस साल में पत्रकार, नाटककार, कवि, इतिहासकार, वह क्या नहीं रहा और नयी चाल की हिन्दी ढालनेवाला अलग से।'' (मित्र संवाद, पृ. 101) भारतेन्दु के व्यक्तित्व के अपने अन्तर्विरोध थे। भारतेन्दु की साहित्यिक अभिरुचि के अपने अन्तर्विरोध थे। भारतेन्दु युग के भी अपने अन्तर्विरोध थे। उन्हें भुलाकर भारतेन्दु के महत्त्व का आकलन जरूरी नहीं है। भारतेन्दु उस संक्रान्ति-काल की उपज थे जिसमें पारम्परिक सामाजिक ढाँचा टूट रहा था और नयी विचारधारा जन्म ले रही थी। भारतेन्दु में वह फक्कड़पन था जो कबीर की याद दिलाता था। विवाहेतर सम्बन्ध के रूप में मल्लिका और माधवी से प्रेम—यह भी भारतेन्दु के स्वच्छन्द व्यक्तित्व का ही एक पहलू है। अपने शहर के अन्तर्विरोधों पर जैसी टिप्पणी भारतेन्दु ने की थी, वह किसी दूसरे लेखक के लिए अकल्पनीय है—

देखी तुमरी कासी लोगों देखी तुमरी कासी
आधी कासी भाँड़ भड़ेरिया बाम्हन औ संन्यासी

भारतेन्दु के प्रसिद्ध बलिया व्याख्यान का अन्तर्विरोध यह है कि वे विधवा-विवाह को धर्मशास्त्रसम्मत बताते हैं, बालविवाह का विरोध करते हैं पर—जातिभेद का समर्थन करते हैं। 'अन्धेर नगरी' में गोबरधनदास के एक गाने का व्यंग्यार्थ यह है कि जात-पाँत की व्यवस्था बनी रहनी चाहिए।

भारतेन्दु के व्यक्तित्व के अन्तर्विरोधों को समझने के लिए उस समय को समझना जरूरी है जिसमें राजनीतिक-सामाजिक पटल पर महत्त्वपूर्ण परिवर्तन हो रहे थे। जवाहरलाल नेहरू ने 'आत्मकथा' में लिखा है—"सन् 1857-58 के विद्रोह के असर से हिन्दुस्तान धीरे-धीरे पनपा। ब्रिटिश नीति के बावजूद जबर्दस्त ताकतें काम कर रही थीं और हिन्दुस्तान को बदल रही थीं। एक नयी सामाजिक सजगता आ रही थी। हिन्दुस्तान की राजनीतिक एकता से, पश्चिम के साथ सम्पर्क से, विज्ञान और मशीनों में तरक्की की वजह से, यहाँ तक कि सारे देश में उसी गुलामी के दुर्भाग्य से नयी विचारधाराएँ बनीं, धीरे-धीरे उद्योग-धन्धों की तरक्की हुई और कौमी आजादी के लिए एक नया आन्दोलन खड़ा हुआ। हिन्दुस्तान की जागृति दुहरी थी—उसने पश्चिम की तरफ निगाह की और साथ ही उसने अपने गुजरे हुए जमाने की तरफ भी निगाह की" इस सन्दर्भ में तथ्य यह है कि अंग्रेज जो भी नया परिवर्तन ला रहे थे, वह विशेष रूप से अपने हित को ध्यान में रखते हुए। रेल, तार, प्रेस के लिए उन्होंने काम किया—अपने व्यापारिक हितों को दृष्टि में रखकर। कच्चा माल यहाँ से इंग्लैण्ड जाता और पक्का माल बनकर वापस आता। यहाँ के अपने देसी उद्योग-धन्धे टूट रहे थे। अब एक पूरा देश ब्रिटेन का उपनिवेश

था। भारतेन्दु अपने नाटकों-निबन्धों में बार-बार चिन्ता प्रकट करते हैं कि यहाँ का धन विदेश चला जा रहा है। अंग्रेजी शिक्षा सिर्फ क्लर्क बना सकती थी। बेरोजगारी बढ़ रही थी। तीन के बुलाने पर तेरह नौकरी के लिए आ खड़े होते थे। पर इसी स्थिति के बीच यह भी हुआ कि अंग्रेजों की अर्थनीति के जरिये नयी शिक्षा और नयी विचारधारा के अनुरूप नये उद्योगों के लिए सम्भावना बनी। भारतेन्दु इन परिवर्तनों के प्रति सकारात्मक रूप रखते थे। पर दूसरी ओर धर्म को 'सब उन्नतियों' का मूल ठहरा रहे थे। स्त्रियों के लिए शिक्षा तो चाहते थे पर अलग तरह की शिक्षा, कि वे अपना 'कुल-धर्म' सीखें। इस्लाम के प्रशंसक थे पर मुसलमानों की रीति-नीति में बहुत कमियाँ भी देख पा रहे थे। मुसलमान शासकों की दमनकारी नीतियों की तुलना में अंग्रेजों की नीतियाँ उन्हें यहाँ की जनता के लिए अधिक सुरक्षापूर्ण जान पड़ती थीं। यह मानते थे कि "जो बात हिन्दुओं को नहीं मयस्सर है, वह धर्म के प्रभाव से मुसलमानों को सहज प्राप्त है। उनमें जाति नहीं, खाने-पीने में चौका-चूल्हा नहीं, विलायत जाने में रोक-टोक नहीं।" चिन्तित थे कि फिर भी मुसलमानों ने अपनी सामाजिक दशा नहीं सुधारी। यह भारतेन्दु का अपना अन्तर्विरोध है कि जाति-पाँति व्यवस्था कहीं उन्नति में बाधा जान पड़ती है कहीं स्वाभाविक धर्म; अंग्रेज कहीं उन्नति में व्यवधान जान पड़ते हैं, कहीं सहायक और रक्षक। यह अन्तर्विरोध भारतेन्दु के व्यक्तित्व का ही नहीं, एक पूरे युग का, एक पूरे समय का है। अंग्रेजी राज में सुख, समृद्धि सम्पन्नता नहीं रह गयी, यह भी भारतेन्दु ने ही पहचाना। 'विजयनी विजय वैजयन्ती' में उन्होंने लिखा—"जो भारत जग में रह्यो सब सों उत्तम देस। ताही भारत में रह्यो अब नहिं सुख को लेस।" इस दृष्टि से नवजागरण के सन्दर्भ में भारतेन्दु की विचारधारा को समग्रता में अन्तर्विरोधों के साथ देखने की आवश्यकता है।

नवजागरण और भारतेन्दु की विचारधारा

उन्नीसवीं शताब्दी के धार्मिक-सामाजिक आन्दोलनों को मूलत: पुनरुत्थानवादी-सुधारवादी आन्दोलन मानते हुए यह स्वीकार किया गया है कि उन्होंने भारत की सामन्ती समाज व्यवस्था के मूल आधार जात-पाँत पर आक्रमण किया और भारतीय पूँजीवाद के सामाजिक आधार के विकास के साथ भारत के राष्ट्रीय आन्दोलन में सहायक हुए। अतीत के प्रति गौरव का बोध इन नवजागरण का प्रमुख लक्षण था पर इस अतीत प्रेम के चलते भारतेन्दु यह मानने को राजी न थे कि भारत वेदों पर ही ध्यान केन्द्रित करते हुए प्रगति करेगा। वे नये ज्ञान-विज्ञान को समर्थन दे रहे थे और आर्यसमाज के संस्थापक दयानन्द की पुनरुत्थानवादी विचारधारा से असहमति प्रकट कर रहे थे। अपने एक निबन्ध "स्वर्ग में विचार सभा का अधिवेशन" में भारतेन्दु ने दयानन्द और केशवचन्द्र सेन की जो तुलना की है, उससे भारतेन्दु की अपनी विचारधारा स्पष्ट है: "भीतरी चरित्र में इन दोनों के जो अन्तर हैं वह भी निवेदन कर देना उचित है। दयानन्द की दृष्टि हम लोगों की बुद्धि में अपनी प्रसिद्धि पर विशेष रही। रंगरूप भी इन्होंने कई बदले। पहले केवल भागवत का खण्डन किया। फिर सब पुराणों का। फिर कई ग्रन्थ माने, कई छोड़े। अपने काम के प्रकरण माने, अपने विरुद्ध को क्षेपक कहा। पहले दिगम्बर मिट्टी पोते महात्यागी थे। फिर संग्रह करते-करते सभी वस्त्र धारण किये। भाष्य में भी रेलतार आदि कई अर्थ जबर्दस्ती किये। इसी से संस्कृत विद्या को भलीभाँति न जाननेवाले ही इनके अनुयायी हुए। जाल को छुरी से न काटकर दूसरे जाल ही से जिसको काटना चाहा इसी से दोनों आपस में उलझ गये और इसका परिणाम गृहविच्छेद उत्पन्न हुआ। केशव ने इनके विरुद्ध जाल काट कर परिष्कृत पथ प्रकट किया।

परमेश्वर से मिलने-मिलाने की आड़ या बहाना नहीं रखा। अपनी भक्ति की उच्छलित लहरों में लोगों का चित्र आर्द्र कर दिया।''

भारतेन्दु की वैष्णवता उनके साहसपूर्ण क्रान्तिकारी व्यक्तित्व के अनुरूप नयी विचारधारा के विकास और ग्रहण में बाधक न थी। भारतेन्दु नवजागरण की चेतना के बावजूद राजभक्ति का स्वर अपनाये हुए थे। इस राजभक्ति की परम्परा भारतेन्दु के परिवार में जड़ जमाये हुए थी। समृद्धिजीवी परिवार के अपने संस्कार राजभक्ति के सर्वथा अनुकूल थे। फिर परिस्थिति ऐसी थी कि महारानी विक्टोरिया का राज्य पहले की तुलना में राहत देनेवाला जान पड़ा। हालाँकि फिर भारतेन्दु ने यही जाना कि साम्राज्यवादी शोषण का सिलसिला अटूट है। 1866 में मन्दी का जमाना, 1868-69 में अकाल की घटना—ये संकेत थे कि जनता को बहुत दिनों तक कुछ सहूलियतों के प्रलोभन से घेरकर नहीं रखा जा सकता था। भारतेन्दु की वैष्णवता और क्रान्तिकारिता के बीच द्वन्द्वात्मक सम्बन्ध है, इसे समझे बिना नवजागरण में भारतेन्दु की भूमिका को समझ पाना कठिन है। भारतेन्दु सुधारवादी पुनरुत्थानवादी आन्दोलन के अनुयायी भर न थे, वे एक नये प्रकार के ठेस देसी लोक जागरण की नींव भी रख रहे थे।

भारतेन्दु का महत्त्व इस अर्थ में है कि वे गहरी वैष्णवता में रचे-बसे दिखायी देते हैं पर धार्मिक रूढ़ियों के विरोधी हैं। वे मानते हैं कि वैष्णवता भारत का प्रकृत धर्म है पर उसके सम्यक् बोध के लिए उन्हें एक साथ कबीर, दादू, सिख, बाउल सभी पन्थों से जुड़ना जरूरी लगता है। धर्म को सामाजिक उन्नति का मूल ठहराते हैं पर हिन्दू धर्म के आडम्बरपूर्ण व्यवहार की धज्जी उड़ाते हैं—"धर्म हमारा ऐसा निर्बल और पतला हो गया है कि केवल स्पर्श से व एक चुल्लू पानी से मर जाता है। कच्चे गले या सड़े सूत या चिउटी की दशा हमारे

धर्म की हो गयी है।'' भारतेन्दु चेतावनी के स्वर में कहते हैं कि जिस भाव से हिन्दू मत अब चलता है, उस भाव से आगे नहीं चलेगा। भारतेन्दु जब भाषा को सब उन्नति का मूल बताते हैं तो उनके कथन की अर्थध्वनि दूर तक जाती है। स्वदेशी की उनकी पूरी अवधारणा, नये उद्योगों के बारे में उनका दृष्टिकोण, नयी शिक्षा के प्रति उनका समर्थन, पराधीनता या विदेशी शासन के प्रति उनकी प्रकट या प्रच्छन्न चेतावनी श्रम के प्रति उनका आग्रह, राष्ट्रीय एकता सम्बन्धी उनकी अन्तर्दृष्टि—सब-कुछ उनकी कृतियों या वक्तव्यों में दर्ज है।'' अच्छी-से-अच्छी उनको तालीम दो। पेन्शन और वजीफा या नौकरी का भरोसा छोड़ो। लड़कों को रोजगार सिखाओ। विलायत भेजो। छोटेपन से मेहनत करने की आदत दिलाओ। बंगाली, मराठा, पंजाबी, मद्रासी, वैदिक, जैन, ब्राह्मण, मुसलमान, सब एक का हाथ पकड़ो। कारीगरी जिसमें तुम्हारे यहाँ बढ़े। तुम्हारा रुपया तुम्हारे देश में रहे, वह करो।...अफसोस तुम ऐसे हो गये कि अपने निज काम की वस्तु भी नहीं बना सकते। परदेसी वस्तु और परदेसी भाषा का भरोसा मत रखो—अपने देस में अपनी भाषा में उन्नति करो।''

भारतेन्दु नयी विचारधारा को ग्रहण करते हुए सामाजिक परिवर्तन की प्रक्रिया के प्रति जागरूक हैं। शिक्षा, साहित्य, कला, संस्कृति, धर्म, उद्योग, रंगमंच, स्वदेशी के उपयोग आदि विषयों पर अपने विचार प्रकट करते हुए वे जिस नयी परम्परा की नींव रखते हैं उसमें आधुनिक दृष्टि और गहरे अर्थ में भारतीय दृष्टि का सम्बन्ध या सन्तुलन मौजूद है। कभी यह सम्बन्ध सहज है, कभी तनावमूलक। दोनों रूपों में वह विचारणीय है और उनके लिए हमेशा उपयोगी है जो अपनी मुक्ति के रास्ते अकेले में नहीं; अपनी समूची सामाजिकता के भीतर खोजते हैं। भारतेन्दु का 'नाटक' शीर्षक निबन्ध इसका

संकेत है कि भारतेन्दु साहित्य में जैसे परिवर्तन के आकांक्षी हैं, समाज में भी वैसा ही परिवर्तन चाहते हैं। 'नाटक' में वे पुराने तथा नये रूप का सामंजस्य चाहते हैं—"नाटकादि दृश्यकाव्य प्रणयन करना हो तो प्राचीन समस्त रीति ही परित्याग करें यह आवश्यक नहीं है क्योंकि जो सब प्राचीन रीति व पद्धति आधुनिक सामाजिक लोगों की मतपोषिका होगी वह सब अवश्य ग्रहण होगी।" इसी निबन्ध में भारतेन्दु ने ट्रेजेडी और कामेडी तथा प्रहसन आदि रूपों पर भी विचार किया है। वे लिखते हैं : 'कामेडी ग्राम शब्द से निकलता है अर्थात् ग्राम्यसुखों का जिनमें वर्णन हो वह कामेडी (संयोगान्त) है।' यही वे बताते हैं कि सोलहवीं शताब्दी के अन्त में इटली में पहली बार प्रहसन प्रकाश में आया जिसमें परिहास की बातें सुसभ्यता से वर्णित थीं। 'अन्धेर नगरी' जैसे नाटकों के पाठक भारतेन्दु की इन धारणाओं को ध्यान में रखेंगे तो उन्हें उसके मूल्यांकन के कुछ जरूरी संकेत भी यहीं मिलेंगे। मई सन् 1879 के आसपास भारतेन्दु ने 'जातीय संगीत' जैसे विषय पर लिखकर पहली बार ग्रामगीतों के मर्म की ओर तथा उनकी सामाजिक उपयोगिता की ओर ध्यान आकृष्ट किया—"यह बात सब लोग जानते हैं कि जो बात साधारण लोगों में फैलेगी उसी का प्रचार सार्वदेशिक होगा। और यह भी विदित है कि जितना ग्रामगीत फैलते हैं और जितना काव्य को संगीत द्वारा सुनकर चित्र पर प्रभाव होता है उतना साधारण शिक्षा से नहीं होता।" यह थी भारतेन्दु की साहित्य या नाट्य रूप-सम्बन्धी समझ, जिसके बल पर उन्होंने 1881 में 'अन्धेर नगरी' जैसा नाटक लिखा। तब हास्य-विनोद या विनोद-व्यंग्य के लिए लेखकों में कैसी रुचि थी, यह भारतेन्दु के समकालीन लेखकों प्रतापनारायण मिश्र, बालमुकुन्द गुप्त आदि के उदाहरण से स्पष्ट है। प्रेमचन्द जैसे सामाजिक चिन्ता-प्रधान लेखक भी 'अन्धेर नगरी' के वास्तविक महत्त्व को 1913 तक न समझ सके थे। उसे उन्होंने

"राष्ट्रीय सामाजिक प्रश्नों पर हास्य व्यंग्यपूर्ण चुटकुलों के रूप में ही देखा, यद्यपि वे साहित्य में हास्य व्यंग्य की भूमिका का सार्थक उपयोग करनेवाले लेखक थे। व्यंग्य से सामाजिक आलोचना तक की यात्रा करनवाले अथवा व्यंग्य से सामाजिक आलोचना का उद्देश्य सिद्ध करनेवाले लेखकों में ही भारतेन्दु आते हैं, निराला और प्रेमचन्द आते हैं। 'लेवी प्राणलेवी' 'अथ अंगरेज स्तोत्रं लिख्यते'—भारतेन्दु की व्यंग्य क्षमता के अनोखे उदाहरण हैं। स्तोत्र की भाषा भंगिमा यह है—"चुंगी और पुलिस तुम्हारी भुजा हैं, अमले तुम्हारे नख हैं, अँधेरा तुम्हारी पीठ है, आमदनी तुम्हारा हृदय है अतः हे अंग्रेज हम तुम्हें प्रणाम करते हैं। खजाना तुम्हारा पेट है, लालच तुम्हारी क्षुधा है, सेवा तुम्हारे चरण, खिताब तुम्हारा प्रसाद है, अतः हे विराट रूप अंग्रेज हम तुम्हें प्रणाम करते हैं।" कहना न होगा, इस व्यंग्यपूर्ण भाषा की मार दुहरी है। ऐसी भाषा का उपयोग भारतेन्दु के नाटकों में प्रायः देखा जा सकता है। इस जमीन पर आगे चलकर नागार्जुन ने 'मन्त्र' जैसी कविताएँ लिखी हैं।

'स्वत्व निज भारत गहै'—भारतेन्दु की नवजागरण-सम्बन्धी विचारधारा का मुख्य मुद्दा है। 'आलोचना' पत्रिका के अंक 79 के सम्पादकीय में नामवर सिंह ने टिप्पणी की है—"यह 'स्वत्व' वही है जिसे आजकल 'अस्मिता' कहते हैं। राजनीतिक स्वाधीनता इस स्वत्वप्राप्ति की पहली शर्त है।" 'कवि वचन सुधा' की इस घोषणा के साथ ही भारतेन्दु ने यह आशा भी व्यक्त की—"जिस तरह अमेरिका उपनिवेशित होकर स्वाधीन हुआ, वैसे ही भारतवर्ष भी स्वाधीनता लाभ कर सकता है।" इसके बाद भी यह सच है कि नवजागरण के इस दौर के साहित्य में राजनीतिक स्वाधीनता का स्पष्ट स्वर कम ही सुनायी देता है यद्यपि मौखिक रूप से रचा गया ऐसा लोकसाहित्य उपलब्ध है जिसमें इस चेतना को अभिव्यक्ति मिली। इसे

अलग से प्रमाणित करने की आवश्यकता नहीं है कि भारतेन्दु हिन्दी नवजागरण से प्रेरणा और स्फूर्ति ग्रहण कर रहे थे। हिन्दी प्रदेश के नवजागरण की विशेषता यह थी कि इसे लेखक साहित्यकार ही अभिव्यक्त कर रहे थे, न कि समाज सुधारक या इतिहास चिन्तक।

भारतेन्दु के नाटक

भारतेन्दु से पहले लोकजीवन में प्रचलित रामलीला, रासलीला, हकीकत राय की नौटंकियाँ, संगीत, नकल जैसे प्रदर्शनकारी रूपों से साहित्यिक नाटक सम्भव न हुआ। पर यह नहीं कहा जा सकता कि आगे आनेवाले साहित्यिक नाटक इनके प्रभाव से अछूते रहे। अमानत के नाटक 'इन्दरसभा' और उससे प्रभावित कुछ और विनोदपूर्ण रंजक नाटकों से साहित्यिक नाटकों का आरम्भ हुआ। भारतेन्दु ने 1868 में बँगला के प्रेमप्रधान नाटक 'विद्यासुन्दर' का अनुवाद किया। फिर मौलिक और अनूदित नाटकों का सिलसिला चल पड़ा। कहने की जरूरत नहीं कि भारतेन्दु ही हिन्दी नाटक को पहली बार साहित्यिक और रंगमंचीय विशेषताओं से सम्पन्न करनेवाले नाटककार हुए। इसी अर्थ में वे हिन्दी नाटक के भी प्रवर्तक या जन्मदाता कहे जाते हैं यद्यपि भारतेन्दु ने अपने पिता गोपालचन्द्र उपनाम गिरिधरदास के नाटक 'नहुष' को ही पहला हिन्दी नाटक माना है। इसी तरह उन्होंने राजा लक्ष्मण सिंह के नाटक 'शकुन्तला' को हिन्दी का दूसरा नाटक कहा है। अनुवाद होते हुए भी इस नाटक को मौलिक नाटक जैसी स्वीकृति मिली। पर अब तक हिन्दी नाटक रंगमंचीय विशेषताओं से उस तरह न जुड़ा था जैसा भारतेन्दु के नाटकों में सम्भव हुआ।

पारसी थिएटरों ने अपने समय की मूल्यहीनता और पतनशीलता को देखते हुए जिन नृत्य संगीत प्रधान नाटकों की प्रस्तुति की, उन्हें कुरुचिपूर्ण अश्लील माना गया पर उसका निषेध करके नाटक लिख

पाना या प्रस्तुत कर पाना असम्भव था। इसी विवेक से भारतेन्दु ने एक ओर पारसी नाटकों का विरोध किया और जनता की रुचि को परिष्कृत करनेवाले नाटकों की माँग की, दूसरी ओर पारसी थिएटर का (जो अपनी बनावट या रचना विधान में शेक्सपियर के प्रभाव से सर्वथा मुक्त न था) गुणात्मक प्रभाव भी ग्रहण किया। भारतेन्दु की नाटक-सम्बन्धी अवधारणा में यह निहित था कि वह अपने प्रभाव से जनता के हृदय को बदल सकता है। अपने एक निबन्ध में उन्होंने कहा भी : "अब के लोगों को नाटक के अनुशीलन व अनुकरण करने में उत्साह नहीं होता वरन् इसको तुच्छ और बुरा समझ के इससे दूर भागते हैं...नाटकों का अभिनय करना सहृदय जनों के समाज को कितनी प्रीति देनेवाला, देश की कुचालों को सुधारनेवाला और कैसा कुशल करनेवाला है इस सबका गुण उन नाटकों को देखने ही से उन पर प्रकट हो जायेगा।" भारतेन्दु के नाटक की अन्तर्वस्तु को जितनी विविधता दी, उसके प्रदर्शनकारी पक्ष को भी उतना ही विविध और महत्त्वपूर्ण बनाया। संस्कृत नाटक, पारसी रंगमंच और पाश्चात्य नाट्यशिल्प का सम्मिलित प्रभाव उनके नाटकों पर देखा जा सकता है। फिर भी उनका निजी रंग है—भाषायी विशिष्टता के अनुरूप अपनी खास पहचान। जयशंकर प्रसाद ने अपने निबन्ध 'रंगमंच' में कहना चाहा है कि भारतेन्दु महत्त्वपूर्ण इसलिए हैं कि उनमें लोकधर्मी और नाट्यधर्मी तत्त्वों का सार्थक समन्वय है—"अतीत और वर्तमान को देखकर भविष्य का निर्माण होता है; इसलिए हमको साहित्य में एकांगी लक्ष्य नहीं रखना चाहिए। जिस तरह हम वास्तविक या प्राचीन शब्दों में लोकधर्मी अभिनव की आवश्यकता समझते हैं, ठीक उसी प्रकार से नाट्यधर्मी अभिनय को भी देश, काल, पात्र के अनुसार रंगमंच में संग्रहीत रहना चाहिए। पश्चिम ने भी अपना सब-कुछ छोड़कर 'नये' को नहीं पाया है। श्री भारतेन्दु ने रंगमंच की

अव्यवस्थाओं को देखकर जिस हिन्दी रंगमंच की स्वतन्त्र स्थापना की थी उसमें इन सबका समन्वय था।''

भारतेन्दु के नाटकों में 'श्री चन्द्रावली, (नाटिका), 'विषस्य विषमौषधम्' (भाण), 'नील देवी', 'भारत दुर्दशा' (नाट्य रासक) यदि संस्कृत नाटकों के प्रभाव में हैं, तो 'अन्धेर नगरी' 'वैदिक हिंसा हिंसा न भवति' जैसे नाटक पारसी थिएटर के प्रभाव में। भारतेन्दु के प्रभाव में ऐसे कई नाटक लिखे गये जो अपनी अन्तर्वस्तु में देश-हित या राष्ट्रीय चिन्ता से सम्बद्ध हैं और रचना विधान में गायन और नृत्यविधान की पारसी शैली से प्रभावित हैं। कालिदास के गले पर छुरी फेरनेवाले पारसी नाटकों से भारतेन्दु क्षुब्ध थे। अत: पारसी रंगमंच से प्रभाव के रूप में क्या ग्रहण करना है, इसके बारे में वे अतिशय सतर्क थे। संस्कृत के पुराने नाट्य रूपों से क्या लेना है जो नये दृष्टिकोण के अनुरूप हो, इस दृष्टि से भी भारतेन्दु की सजगता छिपी नहीं है। भारतेन्दु अपनी स्वाधीन वृत्ति के अनुरूप नाटक का जातीय रूप विकसित करने के लिए प्रयत्नशील थे। रामविलास शर्मा भारतेन्दु के नाटकों में यथार्थवाद के ऐसे तत्त्व देखते हैं जो उनके लोकप्रिय जातीय रूप को अभिव्यक्त करने में सक्षम हैं।

'विद्यासुन्दर', 'कर्पूरमंजरी', 'चन्द्रावली' भारतेन्दु के शृङ्गार प्रधान नाटक हैं। इनमें पहले दो अनूदित नाटक हैं। पहला बँगला के यतीन्द्र मोहन ठाकुर के नाटक की छाया लेकर लिखा गया है जबकि दूसरा राजशेखर की प्राकृत कृति का अनुवाद है। 'पाखण्ड विडम्बन' भी अनूदित नाटक है। नाट्य रूप की दृष्टि से प्रहसन—जिसमें भक्ति की श्रेष्ठता का प्रतिपादन है। 'चन्द्रावली' में प्रेम प्रधान भक्ति ही मुख्य अन्तर्वस्तु है। इस दृष्टि से चन्द्रावली को भारतेन्दु की आत्मा का प्रतिरूप कहा गया है। यहाँ भावुकता प्रधान काव्यत्व है। 'मुद्राराक्षस'

विशाखदत्त के संस्कृत नाटक का अनुवाद है। चाणक्य का चरित्र इसमें अधिक उभर कर व्यक्त हुआ है और वही आगे के लेखकों के लिए अनुकरणीय भी बना। यह चाणक्य अपमान की पीड़ा को बहुत गहरे स्तर पर अनुभव करनेवाला चरित्र है। यह पीड़ा क्रोध में बदलती है और क्रोध अन्यायी से लड़ने का दृढ़ संकल्प बनाता है। शिक्षा की दृष्टि से उपयोगी नाटक की कल्पना लेकर भारतेन्दु ने 'सत्य हरिश्चन्द्र' लिखा जिसका बाहरी ढाँचा अलौकिक है पर जो भीतर से यथार्थ के दर्शन से अनुप्राणित है। 'दुर्लभबन्धु' शेक्सपियर के 'मर्चेण्ट आफ वेनिस' का अनुवाद है।

'नीलदेवी' में भारतेन्दु यह दिखाना चाहते हैं कि पहले स्त्रियाँ साहसी और स्वावलम्बी थीं और जरूरत पड़ने पर युद्ध में लड़ सकती थीं। यहाँ भारतेन्दु देश के गौरव और अभिमान की रक्षा के लिए पराधीन भारतवासियों को सचेत करना चाहते हैं। इस ऐतिहासिक नाटक में इन्द्र हैं, त्रैलोक्य है, देवता हैं, यज्ञ की हवि है। पर नाटक की चरम स्थिति यह है कि नीलदेवी गायिका के वेश में अमीर की मजलिस में जाती है और ठीक समय पर कटार से अमीर की हत्या करती है। भारत का स्वाधीनता-सूर्य उगेगा या नहीं—यह नाटक की मूल चिन्ता है। 'नीलदेवी' में कुछ सरस गीतों के अतिरिक्त प्रहसन की कला का उदाहरण भी मौजूद है जहाँ भटियारी, चपरगट्टू खाँ और पीकदान अली खाँ की बातचीत है। 'भारत दुर्दशा' की कथावस्तु देश की पराधीनता और आर्थिक शोषण से सम्बद्ध है। आरम्भ में योगी को यह लावनी गाते दिखाया गया है : 'रोवहु सब मिलिकै आवहु भारत भाई/हा हा भारत दुर्दशा न देखी जाई।' इसी गीत में यह चिन्ता भी प्रकट है—'अंग्रेज राज सुख साज सजे सब भारी/पै धन विदेश चलि जात इहै अति ख्वारी।' महँगाई, रोग, टैक्स इन सबका

आक्रमण है। भारत दुर्दैव नाटकीय चरित्र बनकर आता है जो अपने को राक्षस बताता है। एक दृश्य में अगर सत्यानाश फौजदार रोग आलस्य जैसे अमूर्त प्रतीकों और भारत दुर्दशा भारत-भाग्य जैसे विचार प्रतीकों के जरिये भारत के शोषण और पतन की कहानी कही गयी है तो दूसरे में किताबखाने में मौजूद एडिटर, कवि, बंगाली, महाराष्ट्री, देशी सज्जनों की बातचीत से 'भारत दुर्दशा' का व्यंग्य प्रकट होता है। भारत के उद्धार के जो उपाय बताये जा रहे हैं उनमें एडिटर का सुझाव यह है—"हमने एक दूसरा उपाय सोचा है, एजूकेशन की एक सेना बनायी जाय। कमेटी की फौज। अखबारों के शस्त्र और स्पीचों के गोले मारे जायँ।" क्या किताबखाने का कुछ ऐसा ही परिदृश्य आज के भारत दुर्भाग्य का कारण नहीं। रामविलास शर्मा ने इस प्रहसन-कला को भारतेन्दु की राजनीतिक सूझ-बूझ का परिणाम बताते हुए लिखा है—"जनता से विच्छिन्न बुद्धिजीवियों की असहाय दशा का इससे अच्छा चित्रण हिन्दी में न मिलेगा। सबके चरित्र अलग-अलग, सबकी बोली-बानी अलग-अलग; 'भारत दुर्दशा' के दुःस्वप्न में मानो यथार्थ की एक सजीव झाँकी जड़ दी गयी हो।"

"वैदिकी हिंसा हिंसा न भवति' प्रहसन है जिसके समर्पण में भारतेन्दु इसे एक तरह का तमाशा कहते हैं। धर्म के नाम पर दी जानेवाली बलि का विरोध इस नाटक का मुख्य उद्देश्य है। यहाँ उन सनातन धर्मियों, पुरोहितों पर व्यंग्य है जो स्वाद के लिए मांसाहारी थे पर कहने के लिए लोकोत्तर साधना की दृष्टि से बलि के समर्थक थे। रक्त से रंगे हुए राजभवन में ही यह नाटक घटित होता है जहाँ राजा और पुरोहित जनता को ठगते हैं। यहाँ भी हम देख सकते हैं कि भारतेन्दु के लिए प्रहसन का उद्देश्य केवल मनोरंजन नहीं है—मनोरंजन के बहाने कुसंस्कारों, कुरीतियों पर प्रबल आक्रमण है।

प्रहसन कला का आधार है अपने समाज का यथार्थ अनुभव और सामाजिक परिवर्तन के लिए गहरी चिन्ता। मन्दिरों के भीतर के अनाचार को इतने साहसपूर्ण ढंग से भारतेन्दु ही उन्नीसवीं शताब्दी के उत्तरार्द्ध में उद्घाटित कर सकते थे जबकि पुनरुत्थानवाद काफी प्रभावशाली था। नाटक के अन्त में शैव और वैष्णव एक ही भरत वाक्य कहते हैं जिसका आशय है कि सभी मतों के लोग एक हों, राजकर से छुटकारा हो, मेघ समय पर जल बरसायें, लोग सच्ची कविता की ओर प्रवृत्त हों। 'विषस्यविषमौषधम्' एकपात्रीय नाटक है जिसमें एक ओर राजभक्ति भी प्रदर्शित है दूसरी ओर देशी राजाओं की अक्षमता का बयान और अंग्रेजी राज की स्वार्थपरता की कड़ी आलोचना। इस नाटक को भारतेन्दु ने 'भाण' कहा है। मल्हार राव व्यभिचार के चलते गद्दी से उतार दिये गये हैं। भण्डाचार्य इस समूची परिस्थिति पर टिप्पणी करता चलता है। वह मल्हार राव की विलासिता की तुलना मुहम्मद शाह और वाजिद अली शाह से करता है। "मुहम्मद शाह के जमाने में नादिरशाही हुई, वाजिद अली शाह से लखनऊ ही छूटा, अब देखें इनकी कौन गति होती है।" अंग्रेजी राज कैसे फैला, इस पर भण्डाचार्य कहता है—"धन्य है ईश्वर। सन् 1599 में जो लोग सौदागरी करने आये थे वे आज स्वतन्त्र राजाओं को यों दूध की मक्खी बना देते हैं।" जो राजा अंग्रेजों की कठपुतली हो चले थे, उनके लिए भण्डाचार्य का कहना है—"कलकत्ते के प्रसिद्ध राजा अपूर्वकृष्ण से किसी ने पूछा था कि आप लोग कैसे राजा हैं तो उन्होंने उत्तर दिया, जैसे शतरंज के राजा, जहाँ चलाइये वहाँ चलें।" यह नाटक भी भारतेन्दु की व्यंग्य क्षमता का प्रमाण है यद्यपि एकपात्रीय होने के कारण उसका नाटकीय प्रभाव सीमित है।

'प्रेमजोगिनी' अधूरा नाटक है जिसमें काशी के जीवन की झलक देते हुए दो संस्कृति-रूपों का उल्लेख है। एक वह जो भारतीयों को

दीन कापुरुष और अक्षम बनाती है, दूसरी वह जो उन्हें इस तरह की हीनता से उबारना चाहती है। भारतेन्दु मुख्य रूप से उन निठल्ले लोगों की खबर लेते हैं जो मन्दिरों में फैले अनाचार में लिप्त हैं। वे अनाचार के कारण भी हैं, उपकरण भी। काशी की पतनशील संस्कृति पर भारतेन्दु का व्यंग्य अत्यन्त तीखा और स्पष्ट है। 'अन्धेर नगरी चौपट राजा' एक तरह से भारतेन्दु की अब तक की तैयारी की महत्त्वपूर्ण फलश्रुति है। एक लोकप्रिय प्रहसन जिसका राजनीतिक अर्थ समय के साथ हर दौर में नया और सटीक होता जाता है। राज्य व्यवस्था, जातिवाद, उच्चवर्गीय काहिली—इन सब पर तीखा व्यंग्य नाटक के पूरे वातावरण में व्याप्त है। रामविलास शर्मा ने इस नाटक की व्यंग्यार्थ सम्पन्न अन्तर्वस्तु पर टिप्पणी करते हुए कहा है—"भारतेन्दु ने अन्धेर नगरी चौपट राजा की लोककथा लेकर उसमें नयी जान डाल दी है। उन्होंने यहाँ दिखाया है कि पुराने लोकसंस्कृति के रूपों को राजनीतिक चेतना फैलाने के लिए किस तरह इस्तेमाल करना चाहिए।"

'अन्धेर नगरी चौपट राजा' पर अलग से विचार करने से पहले महज संयोग है कि मेरा ध्यान अठारहवीं-उन्नीसवीं शताब्दी के हिन्दुस्तानी शायर नजीर अकबराबादी (1735-1830) ने आकृष्ट किया जिसके व्यक्तित्व जीवन, समय और रचनाओं के आधार पर हबीब तनबीर ने 'आगरा बाजार' जैसा नाटक लिख डाला। दोनों अलग रंग की कृतियाँ हैं और उनमें तुलना करने का कोई औचित्य नहीं है पर क्या इसका भी कोई अर्थ नहीं कि नजीर के सामने जमाना वही है जब राजतन्त्र की बुनियादें हिल चुकी थीं। मुगल साम्राज्य खत्म हो रहा था। देश में अंग्रेजों की सत्ता बढ़ रही थी। चारों तरफ लूट-खसोट मची हुई थी। आगरा बाजार में ककड़ीवाला, तरबूजवाला, लड्डूवाला, बरतनवाला, पनवाड़ी वैसे ही आते हैं जैसे अन्धेर नगरी

में कबाववाला, चने जोर गरमवाला, नारंगीवाला, हलवाई, कुँजड़िन, मेवेवाला पठान, चूरनवाला आते हैं। अन्धेर नगरी अंग्रेजी राज्य का ही दूसरा रूप है। इसमें सन्देह नहीं कि भारतेन्दु ने नाटकों का उपयोग सामाजिक-राजनीतिक चेतना के प्रसार के लिए किया और ऐसा करने के लिए उन्होंने इस माध्यम को लोकप्रिय शैली-रूपों में ढालने के लिए निरन्तर प्रयत्न किया।

अन्धेर नगरी : मूल्यांकन/पुनर्मूल्यांकन

'अन्धेर नगरी चौपट राजा' पर विचार करने से पहले हम भारतेन्दु के बहुआयामी व्यक्तित्व को ध्यान में रखें तो उनकी सामाजिक-राजनीतिक चेतना के साथ नाटक-जैसे माध्यम के प्रति उनकी गहरी संलग्नता को, रंगमंचीय उपकरणों के उनके विवेक को ठीक-ठीक समझ सकते हैं। भारतेन्दु लेखक भी थे, अभिनेता भी, निर्देशक भी, रंगमण्डल के संचालक और संगठनकर्त्ता भी। 1868 में ही 'जानकीमंगल' नाटक (बनारस थिएटर की प्रस्तुति) में अभिनय कर चुके थे। 'नींलदेवी' और 'सत्यहरिश्चन्द्र' नाटकों में भी उन्होंने क्रमशः पागल और हरिश्चन्द्र की भूमिकाएँ करके अभिनय क्षमता का प्रमाण दिया था। 'अन्धेर नगरी' जैसे नाटक केवल विचारधारा से ही सम्भव नहीं होते, रूप या शिल्प की विशेष समझ के भी परिणाम होते हैं। भारतेन्दु ने नाटक को एक विशेष अर्थ में 'खेल' कहा है और माना है कि जहाँ संगीत का आधार पुष्ट होगा वहीं नाटक अधिक विकसित होगा।

'अन्धेर नगरी' प्रहसन भारतेन्दु ने बनारस में नेशनल थिएटर के लिए एक दिन में 1881 में लिखा था जो काशी के दशाश्वमेध घाट पर उसी दिन अभिनीत भी हुआ। उस संस्था के संरक्षक स्वयं भारतेन्दु थे यह भी कहा जाता है कि बिहार प्रान्त के किसी अन्यायी जमींदार

को सुधारने या राह पर लाने के लिए भारतेन्दु ने यह नाटक लिखा था। अपने निबन्ध 'नाटक' में भी भारतेन्दु ने प्रहसन को "हास्य रस का मुख्य खेल" कहा है जिसका नायक राजा या धनी या ब्राह्मण या धूर्त कोई भी हो सकता है। भरत ने अपने नाट्यशास्त्र में किसी पाखण्डी नायक और नीच व्यक्तियों के बीच के परिहास को प्रहसन का आधार माना है। उनके अनुसार प्रहसन में भाषा और कथानक का विधान ऐसे ही चरित्रों के यथार्थ जीवन के अनुरूप किया जाना चाहिए। ऐसा प्रहसन उनकी दृष्टि में शुद्ध प्रहसन होगा। दूसरे भेद संकीर्ण प्रहसन में उनके अनुसार सामान्य जनता में प्रचलित दुराचरण और दम्भ पाखण्ड का प्रदर्शन किया जाता है। अनेक विचारकों ने प्रहसन को एक अंकीय बताया है। प्रहसन के तीन प्रकार बतानेवाले शुद्ध प्रहसन के अतिरिक्त विकृत और संकर प्रहसन को भी परिभाषित करते हैं। विकृत प्रहसन में तपस्वी सरीखे व्यक्ति कामुक या ऐसे ही विकृत रूपों में आकर दर्शकों का मनोरंजन करते हैं। संकर में धूर्त नायक और नायिका का हास-परिहास ही प्रधान तत्त्व माना गया है। 'कामेडी' की पाश्चात्य परिभाषाओं में भी उसे एक तरह की विनोदपूर्ण क्रिया (Sportive activity) कहा गया है जिसका शैक्षणिक उद्देश्य हो सकता है अर्थात् जिसके पीछे एक तरह की न्याय भावना हो सकती है—विनोद का पुट लिये हुए। 'अन्धेर नगरी' को भारतेन्दु का सर्वाधिक लोकप्रिय "कार्य प्रधान प्रहसन" कहा गया है जिसका मूल प्रतिपाद्य "लोभ और भोग से सम्बद्ध" है पर जिसके पीछे अंग्रेजी राज और सामन्ती विचारधारा के प्रतिवाद की दृष्टि काम कर रही है। भारतेन्दु यहाँ अपने समय की सामाजिक सांस्कृतिक चेतना और राजनीतिक पुनर्जागरण के अवरोधक तत्त्वों को देख पा रहे थे। यहाँ अपनी जात बेचनेवाले ब्राह्मण की घोषणा : "टके के वास्ते जैसी

कहो वैसी व्यवस्था दें, टके के वास्ते झूठ को सच करें; टके के वास्ते धर्म और प्रतिष्ठा दोनों बेचें; टके के वास्ते झूठी गवाही दें; टके के वास्ते नीच को पितामह बनावें।''—एक ओर सामन्ती नैतिकता की हँसी उड़ाती है, दूसरी ओर अंग्रेजी राज्य व्यवस्था की पतनशील स्थिति को उजागर करती है। कहना न होगा कि भारतेन्दु की भविष्योन्मुख राजनीतिक दृष्टि भी यहाँ सजग है। वे यह देख पा रहे हैं कि इस निरंकुश राज्य व्यवस्था में 'अन्धाधुन्ध' मची है। नौकरशाह जनता को लूट रहे हैं और सामन्त उन मूल्यान्ध समाज के पोषक हैं जिसमें हर चीज बिकने के लिए तैयार है। कृति में निहित यह दृष्टि ही इसे प्रासंगिक बनाती है। 'अन्धेर नगरी' अपने समय पर जितनी तीखी टिप्पणी है, उतनी ही आनेवाले उन युगों पर भी जिनमें लोभ अन्धविश्वास जैसी विकृतियाँ निरंकुश स्वेच्छाचारी दमनकारी व्यवस्था के प्रतिरोध में बाधक सिद्ध होंगी।

अन्धेर नगरी का रचना विधान और व्यंग्य

भारतेन्दु ने 'अन्धेर नगरी' को रोचक विनोदपूर्ण बनाने के लिए उसका कथात्मक ढाँचा सादा सामान्य रखा है पर व्यंग्य को तीव्रतर बनाने के लिए जरूरी संकेत पहले दृश्य से ही दिये हैं। 'अन्धेर नगरी चौपट राजा टके सेर भाजी टके सेर खाजा' के आरम्भ में महन्त का दो शिष्यों के साथ प्रवेश है। नारायणदास और गोबरधनदास। दोनों को ठाकुर जी के भोग के लिए भिक्षा माँगकर लाने का निर्देश है। एक का ध्यान 'सुन्दर' भिक्षा पर है, दूसरे का खास 'मालदार' लोगों पर। पर महन्त की ओर से सतर्क किया गया है कि 'बहुत लोभ मत करना।' क्योंकि लोभ पाप का मूल है और लोभ से मान जाता है। लोभ की ओर जाने का अर्थ है नरक की ओर जाना। दूसरा दृश्य बाजार का है जो लोभ के लिए सीधा उद्दीपन है। इस बाजार में सब हैं—

कबाबवाला, चने जोर गरमवाला (घासीराम), नारंगीवाला, हलवाई, कुँजड़िन, मुगल, पाचकवाला, मछलीवाली, जातवाला (ब्राह्मण), बनिया! इस बाजार में एक पूरी दुनिया है। चना जोर गरम बेचनेवाला कुछ वेश्याओं के नाम लेता है जैसे तौकी, मैना, गफूरन और मुन्नी। ब्रजरत्नदास ने लिखा है कि इनमें पहली दो प्रसिद्ध गायिकाएँ थीं। तीसरी पटना के किसी नवाब के हरम में चली गयी थी। बेचनेवालों की खास बोली वाणी में प्रलोभन ही प्रलोभन है। व्यंग्य सीधा हास-परिहास सरीखा भी और अर्थगर्भ भी। 'चना हाकिम सब जो खाते/सब पर दूना टिकस लगाते'—दूना टैक्स यानी नौकरशाही की अन्धेरगर्दी! नारंगीवाली के बोलों में आचार्यों को कभी अश्लीलता दिखती है कभी ग्राम्यत्व दोष! ऐसे आरोप वर्जनाशील आत्मविकृति के उदाहरण हैं अन्यथा इतना याद दिलाना ही काफी है कि यह हाट बाजार की भाषा है जहाँ चीजें बेची और खरीदी जाती हैं। विज्ञापनों की भाषा के बारे में क्या अलग से कहना जरूरी है! नारंगीवाली के स्वभाव में वही जिन्दादिली है जो हलवाई में, कुँजड़िन में। "नारंगी ले नारंगी, सिलहट की नारंगी, बुटवल की नारंगी, रामबाग की नारंगी, आनन्दबाग की नारंगी। भई नीबू से नारंगी। मैं तो पिया के रंग न रंगी।" उधर आगे मछलीवाली की भाषा में उतनी ही मुक्ति है—वैसा ही खिलन्दड़ापन—"मछरी ले मछरी/मछरिया एक टके के बिकाय/लाख टका के बाला जोबन गाहक सब ललचाय।"

जातिवाद पर व्यंग, आपसी फूट पर व्यंग, अंग्रेजी राज पर व्यंग, भ्रष्टाचार पर व्यंग, शोषण के दुश्चक्र पर व्यंग, झूठी कुलीनता मर्यादा पर व्यंग, पुलिस व्यवस्था पर व्यंग—विज्ञापन की भाषा दूर तक अपना व्यंग्यार्थ फेंकती है।" ऐसी जाति हलवाई, जिसके छत्तीस कौम हैं भाई/जैसे कलकत्ते के विलसन, मन्दिर के भितरिए, वैसे अन्धेर

नगरी के हम/सब सामान ताजा/खाजा ले खाजा/टके सेर खाजा।'' यह 'टके सेर' ही सारे व्यंग्य का बीजसूत्र है क्योंकि इस बाजार में ''सब चीज टके सेर बिकती है।''

कुँजड़िन आवाज लगाती है—''जैसे काजी वैसे पाजी। रैयत राजी टके सेर भाजी। ले हिन्दुस्तान का मेवा फूट और बैर।'' यह है भारतेन्दु का व्यंग्य जो अचानक सामान्य से विशेष हो उठता है। पाचकवाले का अर्थात् चूरनवाले का व्यंग्य सबसे अधिक प्रखर है—अंग्रेजी राजतन्त्र के प्रति सबसे अधिक उग्र, आक्रामक। ''हिन्दू चूरन इसका नाम/बिलायत पूरन इसका काम। चूरन जब से हिन्द में आया/ इसका धन बल सभी घटाया।...चूरन चला दाल की मण्डी। इसको खायेंगी सब रण्डी। चूरन अमले सब जो खावैं। दूनी रिश्वत तुरत पचावैं।...चूरन साहेब लोग जो खाता। सारा हिन्द हजम कर जाता। चूरन पुलिसवाले खाते। सब कानून हजम कर जाते।'' और यह चूरन भी टका सेर बिक रहा है। जैसे मछली टके सेर बिक रही है, जैसे ब्राह्मण की जात टके सेर बिक रही है वैसे आटा टके सेर बिक रहा है जैसे चावल, चीनी, घी सब टके सेर हैं। भारतेन्दु यह व्यंग्य अन्यत्र भी बार-बार प्रकट कर चुके हैं—जैसे, 'भीतर बाहर सब रस चूसै / बाहर से तन मन धन मूसै / जाहिर बातन में अति तेज / क्यों सखि साजन नहिं अंग्रेज।'

जात बेचनेवाले ब्राह्मण का व्यंग्य यह है—''टके के वास्ते ब्राह्मण से धोबी हो जायें और धोबी को ब्राह्मण कर दें।...टके के वास्ते झूठ को सच करें। टके के वास्ते ब्राह्मण से मुसलमान, टके के वास्ते हिन्दू से क्रिस्तान। टके के वास्ते धर्म और प्रतिष्ठा दोनों बेचें, टके के वास्ते झूठी गवाही दें। टके के वास्ते पाप को पुण्य मानैं, टके के वास्ते नीच को भी पितामह बनावैं। वेद, धर्म, कुल, मरजादा, सच्चाई, बड़ाई सब टके सेर।'' नगण्य साधारण, विशिष्ट असाधारण

सब एक ही भाव बिक रहे हैं। वस्तुएँ, रूप, यौवन, मूल्य-व्यवस्थाएँ, मर्यादाएँ—सब एक भाव बिक रही हैं। यह है मूल्यान्ध राजतन्त्र और उसके अधीनस्थ समाज का वस्तु-चित्र। बाजार क्या है, ढहते गिरते मूल्योंवाली पतनशील व्यवस्था को दिखाने के लिए जैसे आईना है। व्यंग्य रूप में सारी विकृतियाँ जैसे एक-दूसरे पर अपनी परछाईं डालती हैं। गोबरधनदास के लिए तो आनन्द-ही-आनन्द है। वह हलवाई से चकित होकर पूछता है—'क्यों बच्चा! इस नगरी का नाम क्या है?' हलवाई का उत्तर है—'अन्धेर नगरी'। 'और राजा का क्या नाम है'—दूसरा सवाल है। उत्तर मिलता है चौपट्ट राजा। इस प्रश्नोत्तर के बहाने पाठक अन्तर्वस्तु के बीज अभिप्राय को पकड़ लेता है। इस तरह यह सूक्ति या लोकोक्ति जबान पर चढ़ जाती है।

'अन्धेर नगरी चौपट्ट राजा,
टके सेर भाजी टके सेर खाजा'—!

लोकप्रचलित उक्ति व्यंग्यार्थ को अधिक सम्प्रेष्य बनाती है। 'अन्धेर नगरी' में बाजार का दृश्य ही ऐसा है जो उसके अर्थ को अपनी पूरी 'संरचना' से व्यंग्य बनाता है। 'हरकत की भाषा' का सवाल अलग से तब उठा जब बोलचाल की भाषा उपलब्ध करानेवाला जीवन विपिन अग्रवाल के शब्दों में—"झूठा पड़ गया।" 'अन्धेर नगरी' में मूल भाषा ही हरकत की भाषा है। पाठक इस भाषा को सुनते भी हैं और देखते भी हैं।

तीसरे दृश्य में महन्त को गोबरधनदास बताता है कि उसने केवल सात पैसे में इतनी सारी मिठाई प्राप्त की हैं। यह कहाँ किस नगरी में सम्भव हुआ? उत्तर मिलता है—अन्धेर नगरी में। जहाँ टके सेर भाजी है और टके सेर खाजा! महन्त की चेतावनी है—कि "ऐसी नगरी में रहना उचित नहीं।" चेतावनी यहाँ तक :

बसिये ऐसे देश नहिं कनक वृष्टि जो होय
रहिये तो दुख पाइये प्रान दीजिये रोय।

पर गोबरधनदास इस आनन्द को छोड़कर जाने के लिए तैयार नहीं। और महन्त को एक क्षण भी यहाँ रहना गवारा नहीं। नाटकीय चेतावनियाँ अक्सर कथा के आगामी सूत्रों को ध्यान में रखकर दी जाती हैं। 'अन्धेर नगरी' भी अपवाद नहीं। महन्त का जाते-जाते यही कहना है—"देख मेरी बात मान, नहीं पीछे पछतायेगा। मैं तो जाता हूँ पर इतना कहे जाता हूँ कि कभी संकट पड़े तो हमारा स्मरण करना।" दूसरे दृश्य में बाजार का व्यंग्य है। तीसरे में समृद्धि के विरुद्ध चेतावनी—क्योंकि वही प्रलोभनों को जन्म देती है। प्रलोभन विकृतियों को उकसाते हैं। यहीं से पतन का सिलसिला शुरू होता है जिससे फिर कोई छुटकारा सम्भव नहीं।

'अन्धेर नगरी चौपट राजा' मूलतः पुरानी लोककथा है जिसे भारतेन्दु ने नयी दृष्टि से व्यंग्यार्थ सम्पन्न बनाया है। राजनीतिक-सामाजिक बोध ही इस लोककथा के व्यंग्यमूलक उपयोग का आधार है। दूसरे-तीसरे दृश्य इसकी अच्छी झलक देते हैं। पर सबसे महत्त्वपूर्ण है चौथा दृश्य जो विलासी, भ्रष्ट और भीरु राजतन्त्र या प्रशासन पर व्यंग्य है। दृश्य शुरू होता है राजा के अविवेक, मूर्खता, भीरुता, विलासचर्या और काहिली, खुशामद-पसन्दी की एक झलक देते हुए। 'पान खाइये महाराज' सुनते ही उसे 'शूर्पनखा' का भ्रम होता है और डर जाता है। राजा मन्त्री को आदेश देता है कि इस तरह का भ्रम पैदा करनेवाले सेवक को सौ कोड़े लगें। पर मन्त्री का अनुरोध है—"महाराज इसका क्या दोष है। न तमोली पान लगाकर देता, न यह पुकारता।" आगे जहाँ असली अपराधी की शिनाख्त कठिन होती जाती है वहाँ इसी विडम्बनापूर्ण शब्द-भ्रम (जो एक अर्थ में

शब्दक्रीड़ा ही है) की मुक्ति अपनायी जाती है। यहीं एक फरियादी आता है—कल्लू बनिया की दीवार गिरने से जिसकी बकरी दब गयी है। वह राजा से न्याय माँगने आता है। राजा की दृष्टि में 'कल्लू बनिया की दीवार' दोषी है अत: उसे ही दरबार में पेश किया जाना चाहिए। लाचार मन्त्री का अनुरोध है—कि कल्लू बनिया की दीवार तो नहीं लायी जा सकती। और दीवार के भाई बन्धु! सगे सम्बन्धी। वैसी गुंजाइश भी नहीं, क्योंकि दीवार ईंट चूने की होती है। राजा को सूझता है कि कल्लू बनिया ही अपराधी है, वही लाया जाय। वह आकर कहता है कि उसका दोष ही क्या, कारीगर ने दीवार ही ऐसी बनायी कि वह गिर पड़ी। राजा का फैसला है कि इस तरह तो कारीगर ही दोषी है उसे ही सजा दी जाय। कारीगर का अनुरोध है कि वह करता ही क्या, चूनेवाले ने ऐसा बोदा बनाया कि दीवार गिर पड़ी। राजा की नजर में चूनेवाला ही दोषी ठहरा! चूनेवाले की चतुराई काम आती है कि उसका क्या दोष जब भिश्ती ने चूने में पानी ढेर दे दिया। चूनेवाला तो राजा के लिए चुन्नीलाल हो जाता है। उसे छोड़कर भिश्ती बुलाया जाता है। भिश्ती बात बनाता है कि कसाई ने मसक इतनी बड़ी बना दी कि ज्यादा पानी आ गया। लाया गया कसाई। उसने कहा कि उसका क्या दोष, गड़ेरिया ने टके पर ऐसी बड़ी भेड़ मेरे हाथ बेची कि उसकी मसक बड़ी बन गयी। ('टके पर'—यह व्यंग्य पहले के प्रसंगों से जुड़ता है) अब गड़ेरिया लाया जाता है जिसका कहना है कि उसका कसूर नहीं—वह तो कोतवाल साहब की सवारी देखने लगा और छोटी-बड़ी भेड़ का ख्याल नहीं कर पाया। जवाब तलब किया राजा ने कोतवाल से—कि उसने इतनी धूम से अपनी सवारी क्यों निकाली। कोतवाल ने अनुरोध किया कि वह क्या करता उसे तो शहर के इन्तजाम के लिए जाना था। मन्त्री डरा कि कोतवाल तक

बात आ गयी। कोई और अनर्थ न हो जाय कि सारा शहर ही फूँक दिया जाय या सबको फाँसी दे दी जाय। मन्त्री ने भी दुहरा कर पूछा—कि सवारी निकाली, पर धूम से क्यों निकाली। राजा को इशारा मिला और उसने अन्तत: कोतवाल को ही फाँसी की सजा दे दी। यह ढंग मूलत: लोककथा का है जिसमें एक बात पर दूसरी बात निकलती है और यह क्रम दूर तक चलता है। रोचकता के लिए। कुतूहल के लिए। यहाँ तो राजा का अनिर्णय, राजा का अविवेक और न्याय व्यवस्था की विसंगति बताने के लिए। अब भी हमारे यहाँ घटना की सच्चाई के आधार पर न्याय-व्यवस्था फैसले नहीं देती—घटनाओं को प्रस्तुत करने की तर्कशक्ति पर देती है। 'लेवी प्राण लेवी' में भारतेन्दु कहते ही हैं—'वाह! दरबार क्या था जैसे कठपुतली का तमाशा!'

पाँचवें दृश्य में जंगल की मौज मनाता हुआ गोबरधनदास अन्धेर नगरी के गुण गाता जाता है जहाँ चीजों का भेद गायब हो गया है। जहाँ अन्धेर नगरी है तो अनबूझ राजा भी है। और जहाँ सारी चीजें एक भाव बिक रही हैं। जहाँ सच्चे लोग मार डाले जाते हैं और दुष्ट तथा छली सिर चढ़-चढ़कर बोलते हैं। जहाँ सज्जे सुजन दण्डित होते हैं, झूठे पदवी पाते हैं अलंकृत होते हैं। जहाँ धर्म-अधर्म में फर्क नहीं रह गया है। जहाँ अन्धाधुन्ध की-सी स्थिति है पूरे देश में।

अन्धेर नगरी अनबूझ राजा। टका सेर भाजी टका सेर खाजा।
नीच ऊँच सब एकहिं ऐसे। जैसे भडुएँ पंडित तैसे।।

(यहीं यह पंक्ति भी है—जो बाद में समतामूलक समाज के लिए आदर्श मानी जाती है। भारतेन्दु के यहाँ यह व्यंग्य के क्रम में है।—'जातपात पूछै नहिं कोई। हरि को भजे सों हरि का होई।')

साँचे मारे मारे डोलैं। छली दुष्ट सिर चढ़ि चढ़ि बोलैं।।
प्रगट सभ्य अन्तर छलधारी। साई राजसभा बलभारी।।
भीतर कोई मलिन की कारो। चाहिए बाहर रंग चटकारो।।
धर्म अधर्म एक दरसाई। राजा करै सो न्याव सदाई।।

'अन्धेर नगरी' के पाठक पिछले दृश्य में देख चुके हैं कि 'जो राजा करे, वही न्याय है'—इस व्यवस्था की परिणति क्या है!

गोबरधनदास को लगता है कि व्यर्थ ही गुरु जी ने यहाँ रहने से मना किया था—यहाँ तो आनन्द-ही-आनन्द है—"माना कि देश बहुत बुरा है। पर अपना क्या? अपने किसी राजकाज में थोड़े हैं कि कुछ डर है, रोज मिठाई चाभना, मज़े में आनन्द से राम भजन करना।" तभी चार प्यादे आकर उसे पकड़ते हैं क्योंकि उन्हें फाँसी चढ़ने के लिए मोटा आदमी चाहिए। राजा ने जिस कोतवाल को फाँसी दी, वह दुबला होने से फाँसी के फन्दे में आ ही नहीं सकता। पर प्यादे यह भी महाराज की आज्ञा से ही कर रहे हैं—"क्योंकि बकरी मारने के अपराध में किसी-न-किसी को सजा होनी जरूर है नहीं तो न्याय न होगा।" गोबरधनदास बहुत कहता है कि दूसरे भी मोटे मिलेंगे—मुझे अर्थात् साधू महात्मा को क्यों फाँसी चढ़ा रहे हो। पर प्यादे अटल हैं—कहते हैं—"इनमें दो बात है—एक तो नगर भर में राजा के न्याय के डर से कोई मुटाता ही नहीं, दूसरे और किसी को पकड़े तो वह न जाने क्या बात बनावे कि हमीं लोगों के सिर कहीं न घहराय और फिर इस राज में साधू-महात्मा इन्हीं लोगों की दुर्दशा है, इससे तुम्हीं को फाँसी देंगे।" प्यादे भी न्याय व्यवस्था की विसंगति बताते हैं कि अन्धेर नगरी में राजा के न्याय से सब इसलिए घबराते हैं कि उसका कोई अपना तर्क नहीं होता। किसी का अपराध किसी के सिर मढ़ा जा सकता है। दूसरे बात बनानेवालों की कमी नहीं। बात बनाकर बड़े-से-बड़े अपराधी भी बच निकलते हैं। इस अन्धेर नगरी

में साधु महात्मा की ही दुर्दशा है, अर्थात् छली अपराधी की मौज है। गोबरधनदास अब कहीं जाकर समझ पाता है कि महन्त ने उसे ऐसी अन्धेर नगरी में रहने से मना क्यों किया था। लोभ के लिए ही तो वह फाँसी चढ़ने जा रहा है।

छठा दृश्य श्मशान का है जहाँ गोबरधनदास को फाँसी दी जानेवाली है। यहाँ वह जान गया है कि अन्धेर नगरी में—जहाँ का राजा चौपट है, बचने की कोई उम्मीद नहीं। वह गुरु जी की याद करता है और रोता है कि क्या कोई धर्मात्मा नहीं जो फकीर को बचाये! पर अन्धेर नगरी में धर्मात्मा कहाँ। आखिर नाटकीय मोड़ पर ही प्रकट होते हैं उसके गुरु महन्त और महन्त के सेवक नारायणदास। गोबरधनदास का संकट समझकर गुरु जी एक खास युक्ति का इस्तेमाल करते हैं। वे शिष्य गोबरधनदास के कान में कुछ कहते हैं। जो इस सोची हुई युक्ति के अनुरूप है—कि जहाँ लोभ का वर्चस्व है वहाँ स्वर्ग जाने के प्रलोभन से कोई भी फाँसी चढ़ने के लिए राजी हो सकता है और गोबरधनदास की जान बच सकती है। जहाँ बात बनाने का ही सब खेल है वहाँ गुरु को भी आखिर यही ढंग अपनाना पड़ता है। गोबरधनदास जिद करने लगता है कि वह अभी फाँसी चढ़ेगा। गुरु महन्त का कहना है कि उन्हें ही फाँसी चढ़ने दिया जाय। राजा, मन्त्री, कोतवाल या सिपाहियों में से किसी की समझ में नहीं आता कि माजरा क्या है। महन्त से पूछा जाता है कि आखिर क्यों वे फाँसी चढ़ना चाहते हैं! महन्त को बताना पड़ता है—कि अच्छी साइत के चलते। क्योंकि यही समय है जब मरनेवाला सीधे स्वर्ग जायेगा। पहले प्रलोभन का शिकार होता है कोतवाल क्योंकि उसी के चलते तो दीवार गिरी थी। फिर राजा भी प्रलोभन का शिकार होता है क्योंकि अगर वही फाँसी चढ़ना चाहता है तो फिर उसे कौन रोक सकता है। महन्त की टिप्पणी है—

जहाँ न धर्म, न बुद्धि, नहिं नीति न सुजन समाज।
ते ऐसहिं आपुहिं नसैं जैसे चौपट राज।

इसी अन्त को ध्यान में रखते हुए रामविलास शर्मा ने लिखा है—"अन्धेर नगरी चौपट राजा" अंग्रेजी राज की अन्धेरगर्दी की आलोचना ही नहीं, वह इस अन्धेरगर्दी को खत्म करने की भारतीय जनता की प्रबल इच्छा भी प्रकट करता है।"

'अन्धेर नगरी' की नाटकीयता में बहुत सहायक है—बोलचाल की भंगिमाओं से सजीव हिन्दी का वह टकसाली गद्य, जो भारतेन्दु की ही नहीं भारतेन्दु युग के लेखकों की स्वाभाविक प्रवृत्ति है। रामविलास शर्मा की दृष्टि में वह "अवध और ब्रज की धरती के बहुत ही नजदीक है, धूल भरे हीरे की तरह वह गद्य स्थानीयता के भीतर दमकता है।" भारतेन्दु के इस 'हंसमुख गद्य' की ओर पिछले दिनों हिन्दी के कई लेखकों ने ध्यान आकृष्ट किया है। 'अन्धेर नगरी' में लोभ, अन्धविश्वास, अन्याय और अनाचार की हास्यास्पद व्यंग्यपूर्ण परिणति दिखाते हुए भारतेन्दु बहुत कुछ कहना चाहते हैं जिसे महज दृष्टान्त कहना अपर्याप्त है। भोगविलास में लिप्त राजा को अपनी ही मूर्खता से फाँसी चढ़ते देखकर भारतेन्दु पाठकों को बताना चाहते हैं कि अंग्रेजी राज और उसके पोषक सामन्तों का अन्त निकट है। अपने राजनीतिक अर्थ के लिए भी 'अन्धेर नगरी' महत्त्वपूर्ण कृति है जिसकी सार्थकता समय के साथ बढ़ती जाती है। भारतेन्दु का हास्यव्यंग्य सामाजिक राजनीतिक चेतना से सम्पृक्त होने के कारण ही ऐसी महत्त्वपूर्ण कृति का रूप ले पाया है।

ब्रजरत्नदास ने अन्धेर नगरी के तीव्रगति से चलनेवाले तीक्ष्ण कथानक पर विचार करते इंशा के एक शेर का हवाला दिया है—'न होगा राज में हरबोंग के लेकिन /कहीं हजरत सलामत आपके

इन्साफ का जोड़ा'। और बताया है कि किसी मूर्खबहुल गाँव में राजा के रूप में हरबोंग की चर्चा थी जिसके तर्कहीन न्याय के उदाहरण दिये जाते थे। भारतेन्दु ऐसी कहानियों से परिचित थे इसलिए उन्हें उनके नाटकीय यथार्थोचित उपयोग में दिलचस्पी थी। लोकजीवन में प्रचलित कथारूपों को ही भारतेन्दु ने अपनी अभिव्यक्ति के लिए अधिक सटीक और उपयोगी पाया।

'अन्धेर नगरी' के संगठन को देखते हुए कथानक, वातावरण, संवाद, नाटकीय प्रभाव पर अलग-अलग विचार करना सम्भव नहीं। वे एक दूसरे में घुले-मिले हैं। कथानक में ही वातावरण निहित है या कि वातावरण या परिवेश ही कथानक है। संवाद की विशिष्टता केवल भाषायी विशिष्टता के अधीन नहीं है। वह चरित्रों की प्रकृति और भंगिमा के अनुरूप ही महत्त्वपूर्ण है। बाजारवाले प्रसंग में तो हम इसका अनुभव करते ही हैं, अन्य प्रसंगों में भी संवादों के वेधक सटीकपन की झलक है।

चूनेवाला : महाराज! मेरा कुछ दोष नहीं, भिश्ती ने चूने में पानी ढेर दे दिया, इसी से चूना कमजोर हो गया होगा।

राजा : अच्छा, चुन्नीलाल को निकालो, भिश्ती को पकड़ो। (चूनेवाला निकाला जाता है, भिश्ती लाया जाता है) क्यों बे भिश्ती! गंगा-जमुना की किश्ती! इतना पानी क्यों दिया कि इसकी बकरी गिर पड़ी और दीवार दब गयी।

उपर्युक्त संवाद में चूनेवाला 'चुन्नीलाल' हो गया, वह भारतेन्दु की कौतुकी वृत्ति के कारण तो है ही, नाटकीय व्यंग्य को अधिक प्रभावी बनाने के लिए भी है। नाटककार विपिन अग्रवाल ने अपने निबन्ध "हिन्दी नाटक के बारे में कुछ अते-पते की बातें" में नाटक को एक

जटिल माध्यम मानते हुए उसकी विशेषताओं को कुछ इस तरह परिभाषित किया है—"नाटक लिखा भाषा में जाता है और मंच पर उतारा दृश्यों में जाता है। भाषा सरल हो पर मामूली न हो ताकि गहरे भावों को वहन कर सके। दृश्य स्पष्ट हों, अनिवार्य हों, तमाशा भरे हों, पर ढाँचा विश्वसनीय हो। ऐसी भाषा और ऐसे दृश्य का जब मेल बैठ जाता है तब एक अनमोल नाटक पैदा होता है।" 'अन्धेर नगरी' जैसे रोचक और सहज नाटक के भाव गहरे हैं तो इस अर्थ में कि यहाँ जो कहा जा रहा है उसका व्यंग्यार्थ दूर तक जाता है। राजा की असंगत और व्यर्थ प्रतीत होती व्यवस्था अपने में अंग्रेजी साम्राज्यवाद का भी गहरा व्यंग्य छिपाये हुए है, तभी आलोचक यह निष्कर्ष निकालते हैं कि अन्धेर नगरी अंग्रेज राज का ही दूसरा नाम है। 'अन्धेर नगरी' के संवाद व्यंग्यपूर्ण और अभिप्रायमूलक हैं। अन्धेर नगरी का समूचा प्रकरण तमाशा जैसा ही है क्योंकि अन्धेरनगरी की अन्धेरगर्दी जिस हास्यास्पद परिणति तक दिखायी गयी है वह अकल्पनीय या अविश्वसनीय होते हुए भी यथार्थ के निकट है। राजा का अपनी ऐसी मूर्खता से फाँसी चढ़ जाना एक तरह की अतिरंजना है। लोककथाएँ अक्सर ऐसी अतिरंजना का सहारा लेती हैं पर वे इसी बल पर लोकमानस में आसानी से पैठ जाती हैं क्योंकि यथार्थ की मूलभावना के निकट होती हैं। अन्धेर नगरी के संवाद और संवादों की भाषा इसलिए ध्यान आकृष्ट करने में सक्षम है कि वह एक साथ कौतुक और यथार्थ को कसे हुए, पर बोलचाल के मुहावरे में विन्यस्त है। जिसे विपिन अग्रवाल "निरी साहित्यिक भाषा का आतंक" कहते हैं, वह भारतेन्दु के लिए समस्या न थी। 'लिखित भाषा' और 'बोलचाल की भाषा' का भेद भारतेन्दु के यहाँ नहीं है—यही उनकी ताकत है। 'शब्द' 'हरकत' और 'दृश्य' की अभिन्नता ही भारतेन्दु की

नाट्यभाषा को रोचक और जीवन्त बनाती है। भाषा का मामूलीपन ही यहाँ साहित्यिक अर्थ और मूल्य प्राप्त करता है। भुवनेश्वर पर लिखते हुए विपिन अग्रवाल ने लिखा है : ''यथार्थ के बीच हास्य, व्यंग्य, उछलकूद और बेतुकेपन के अनोखे वातावरण की सृष्टि कर भुवनेश्वर सामयिक त्रासदी को और गहरा बना देते हैं।'' क्या 'भुवनेश्वर' की जगह 'अन्धेर नगरी' के लेखक 'भारतेन्दु हरिश्चन्द्र' का नाम रख देने से कुछ फर्क पड़ेगा? शायद नहीं। पाठक या दर्शक जिन दृश्यों को देखकर या पढ़कर उसे कामदी या प्रहसन कहते हैं वे वास्तविक जीवन में हमारे समय में जिस तरह ताकत और दम्भ के साथ दुहराये जा रहे हैं, उसमें कामदी या प्रहसन सामयिक त्रासदी ही जान पड़े तो कोई आश्चर्य नहीं।

अपनी अन्तर्वस्तु और अपने संगठन में रोचक विनोदपूर्ण होते हुए 'अन्धेर नगरी' की रचना में वह नया तत्त्व जुड़ गया है जिसे सामाजिक उद्देश्य कहते हैं। दूसरे शब्दों में एक प्रकार का मूल्य विवेक (Value Judgement)। 'अन्धेर नगरी' का नाटकीय प्रभाव इसी मूल्य विवेक से निर्धारित होता है। इस अर्थ में यह शुद्ध साहित्य की कोटि में नहीं आता, सोद्देश्य रचे गये साहित्य की कोटि में आता है। नाटक अपनी प्रकृति में ही शुद्ध कला नहीं है, मिश्रित कला है। लेखक अभिनेता निर्देशक और दर्शक सभी मिल-जुलकर नाटक को पूर्णता देते हैं। उसकी पूर्णता इसी चुनौती भरे मिश्रण में है। संगीत नृत्य और अनेक कलारूपों का एक-दूसरे में संक्रमण भी इस मिश्रित रूप की पहचान बनाता है। 'अन्धेर नगरी' इस अर्थ में सम्भावनापूर्ण नाटक है। अगर उसे प्रस्तुत करनेवालों ने उसे अलग-अलग रूपों में प्रस्तुत किया है—जैसे नौटंकी की शैली में या यक्षगान की शैली में तो इसी मुक्त कौतुकी प्रकृति के कारण। 'रंगस्थखेल' का या 'रंगविधान में

खेल के से अनुभव का' दर्शन यदि भारतेन्दु ने विकसित किया तो एक विशेष समय या परिवेश के साक्षात् से ही। भारतेन्दु की नाट्यदृष्टि में सन्देश और रंजकता के सन्तुलन का विवेक निहित है।

'अन्धेर नगरी' में नाटकीय तत्त्वों का अभाव देखनेवाला एक ऐसा वर्ग रहा है जिसके लिए नाट्यतत्त्वों का अर्थ वह बँधा-बँधाया ढाँचा है जिसमें सब-कुछ, जैसे आरम्भ विकास अन्त पूर्वनिर्धारित और पूर्णत: नियमबद्ध हो। ऐसा नाटकीय तत्त्वों से संगठित नाटक निर्जीव निष्प्रभ्र होगा यदि उसमें वास्तविक जीवन यथार्थ की झलक न हो और यदि जीवन यथार्थ ही महत्त्वपूर्ण है तो बँधे बँधाये ढाँचे में फर्क जरूर आयेगा। हमारे समाज के अन्तर्विरोधों विसंगतियों की सीधी झलक दिखाने के कारण ही 'अन्धेर नगरी' जैसा नाटक इतना लोकप्रिय हुआ कि उसके अनुकरण पर 'अति अन्धेर नगरी' या 'महाअन्धेर नगरी' जैसे नाटक लिखे जाने लगे। यह लोकप्रियता के सस्ते नुस्खे अपनाकर भारतेन्दु को नहीं मिली। वास्तविक जीवन और सामाजिक परिवेश की समझ और क्रान्तिकारी परिवर्तन की आकांक्षा ने ही भारतेन्दु को बड़ी संख्या में पाठकों और दर्शकों तक पहुँचाया। नाटक में सन्देश की ठीक-ठीक भूमिका को समझने के लिए इस पर बल देना जरूरी है कि केवल वार्त्तालाप से नाटक सम्भव नहीं होता। नाटक सम्भव, सार्थक और प्रभावी होता है स्पष्ट दृश्यों के विधान से। नाटक के लिए 'दृश्य काव्य' की संज्ञा सार्थक होती है—स्पष्ट दृश्यों के विधान से। 'अन्धेर नगरी' को इस दृष्टि से स्पष्ट दृश्यों का नाटक कहा जा सकता है। बाजार, दरबार, फाँसी के दृश्य इतने स्पष्ट और मूर्त हैं कि वे देर तक हमारे मन में टिके रहते हैं। इसी आधार पर कहा गया है कि वे जितने काल्पनिक लगते हैं, उतने ही यथार्थ भी। 'अन्धेर नगरी' का शीर्षक ही अर्थगर्भित नहीं है, दृश्य भी अर्थगर्भित हैं।

बाजार का व्यंग्य कहाँ तक जाता है, यह पाठकों-दर्शकों से छिपा नहीं रहता।

'अन्धेर नगरी' इस दृष्टि से उदाहरण है कि भारतेन्दु के लिए 'शुद्ध साहित्य' की अवधारणा बैठे ठालों का विलास है। साहित्य की सामाजिक भूमिका स्वीकार करते हुए ही वे 'नाटक' जैसे माध्यम के विषय में लिखते हैं—"नाटक रचना में उद्देश्य फल उत्तम निकलना बहुत आवश्यक है। यह न होने से सभ्य शिष्टगण ग्रन्थ का तादृश आदर नहीं करते, अर्थात् नाटक पढ़ने व देखने से कोई शिक्षा मिले।" उद्देश्यफल 'उत्तम' कहने का जो उनका अर्थ था, वही इस व्याख्या में प्रकट है—"प्राचीनकाल में अभिनयादि के सम्बन्ध में तात्कालिक कवि लोगों की और दर्शकमण्डली की जिस प्रकार रुचि होती थी, वे लोग तदनुसार ही नाटकीय दृश्यकाव्य की रचना करके सामाजिक लोगों का चित्तविनोद कर गये हैं। किन्तु वर्तमान समय में इस काल के कवि तथा सामाजिक लोगों की रुचि उस काल की अपेक्षा अनेकांश में विलक्षण है, इससे सम्प्रति प्राचीन मत का अवलम्बन करके नाटक आदि दृश्य काव्य लिखना युक्तिसंगत नहीं बोध होता।" प्रत्यक्ष है कि 'चित्तविनोद' भारतेन्दु को अपर्याप्त जान पड़ता है। जीवन और साहित्य के विच्छेद को दूर करने में भारतेन्दु के नाटक अपने समय में जितने सफल थे, आज भी उतने ही प्रासंगिक या सार्थक् हैं। इसी दृष्टि से 'अन्धेर नगरी' की प्रासंगिकता को समयातीत कहा गया है। कहना न होगा कि अपने युग की वास्तविकता से सम्यक् सम्पृक्ति ही किसी लेखक को आनेवाले युगों के लिए प्रासंगिक या सार्थक बनाती है।

–परमानन्द श्रीवास्तव

प्रथम अंक

स्थान—बाह्य प्रान्त

(महन्त जी दो चेलों के साथ गाते हुए आते हैं)

सब : राम भजो राम भजो राम भजो भाई।
राम के भजे से गनिका तर गयी,
राम के भजे से गीध गति पायी।
राम के नाम से काम बनै सब,
राम के भजन बिनु सबहि नसाई।[1]
राम के नाम से दोनों नयन बिनु,
सूरदास भए कबिकुल राई।[2]
राम के नाम से घास जंगल की,
तुलसीदास भय भजि रघुराई।

महन्त : बच्चा नारायणदास, यह नगर तो दूर से बड़ा सुन्दर दिखायी पड़ता है! देख, कुछ भिक्षा-उच्छा मिले तो ठाकुर जी को भोग लगै। और क्या।

---

1. नष्ट होना।
2. विभिन्न कवियों में श्रेष्ठ।

नारायणदास : गुरु जी महाराज, नगर तो नारायण के आसरे से बहुत ही सुन्दर है जो है सो, पर भिक्षा सुन्दर मिलै तो बड़ा आनन्द होय।

महन्त : बच्चा गोबरधनदास, तू पश्चिम की ओर से जा और नारायणदास पूरब की ओर जायेगा। देख, जो कुछ सीधा-सामग्री[1] मिले तो श्री शालग्राम जी का बालभोग सिद्ध हो।

गोबरनदास : गुरु जी! मैं बहुत-सी भिक्षा लाता हूँ। यहाँ के लोग तो बड़े मालवर[2] दिखायी पड़ते हैं। आप कुछ चिन्ता मत कीजिये।

महन्त : बहुत लोभ मत करना। देखना, हाँ—

लोभ पाप का मूल है, लोभ मिटावत मान।
लोभ कभी नहिं कीजिये, या मैं नरक निदान।।[3]

(गाते हुए सब जाते हैं)

---

1. खाद्य सामग्री।
2. धनवान।
3. अन्त में।

दूसरा अंक

स्थान—बाजार

कबाबवाला : कबाब गरमागरम मसालेदार—चौरासी मसाला बहत्तर आँच का—कबाब गरमागरम मसालेदार—खाय सो होंठ चाटै, न खाय सो जीभ काटै। कबाब लो, कबाब का ढेर—बेचा टके सेर।

घासीराम : चने जोर गरम—

चने बनावै घासी राम।
जिनकी झोली में दूकान।।
चना चुरमुर चुरमुर बोलै।
बाबू खाने को मुँह खोलै।।
चना खावै तौकी,[1] मैना[1]।
बोलैं अच्छा बना चबैना।।
चना खायँ गफूरन[1], मुन्नी[1]।
बोलैं और नहीं कुछ सुन्ना।।
चना खाते सब बंगाली।
जिनकी धोती ढीली-ढाली।।

---

1. काशी की तत्कालीन प्रसिद्ध वेश्याएँ।

चना खाते मियाँ जुलाहे।
डाढ़ी हिलती गाह बगाहे।।
चना हाकिम सब जो खाते।
सब पर दूना टिकस लगाते।।
चने जोर गरम—टके सेर।

नारंगीवाली : नारंगी ले नारंगी—सिलहट[1] की नारंगी, बुटवल[2] की नारंगी। रामबाग की नारंगी, आनन्दबाग की नारंगी। भई नीबू से नारंगी। मैं तो पिय के रंग न रँगी। मैं तो भूली लेकर संगी। नारंगी ले नारंगी। कँवला नीबू[3], मीठा नीबू, रंगतरा,[4] संगतरा[5]। दोनों हाथों लो नहीं पीछे हाथ ही मलते रहोगे। नारंगी ले नारंगी। टके सेर नारंगी।

हलवाई : जलेबियाँ गरमागरम। ले सेब इमरती लड्डू गुलाबजामुन खुरमा बुन्दिया बरफी समोसा पेड़ा कचौड़ी दालमोट पकौड़ी घेवर गुपचुप। हलुवा ले हलुआ मोहनभोग। मोयनदार कचौड़ी कचाका[6] हलुआ नरम चभाका[7]। घी में गरक, चीनी में तरातर, चासनी में चभाचभ[8]। ले भूर का लड्डू।

———

1. बँगला देश का एक नगर।
2. नेपाल का एक कस्बा।
3. बड़ा और मीठा नीबू।
4. सन्तरा।
5. मीठी नारंगी।
6. मुलायम।
7. तर।
8. तर किया हुआ।

जो खाय सो भी पछताय, जो न खाय सो भी पछताय। रेवड़ी कड़ाका। पापड़ पड़ाका। ऐसी जात हलवाई जिसके छत्तीस कौम हैं भाई। जैसे कलकत्ते के विलसन, मन्दिर के भितरिए, वैसे अन्धेर नगरी के हम। सब सामान ताजा। खांजा ले खाजा। टके सेर खाजा।

कुँजड़िन : ले धनिया मेथी-सोआ पालक चौराई बथुआ करेमू नोनियाँ कुलफा कसारी चना सरसों का साग। मरसा ले मरसा। ले बैगन लौआ कोंहड़ा आलू अरुई बण्डा नेनुआ सूरन रामतरोई मुरई। ले आदी मिरचा लहसुन पियाज टिकोरा। ले फालसा खिन्नी आम अमरूद निबुआ मटर होरहा। जैसे काजी वैसे पाजी। रैयत राजी टके सेर भाजी। ले हिन्दुस्तान का मेवा फूट और बैर।[1]

मुगल : बादाम पिस्ते अखरोट अनार बिहीदाना[2] मुनक्का किशमिश अंजीर आबजोश[3] आलूबोखारा चिलगोजा सेब नाशपाती बिही सरदा[4] अंगूर का पिटारी। आमारा ऐसा मुल्क जिसमें अंगरेज का भी दाँत कट्टा ओ गया। नाहक को रुपया खराब किया

---

1. श्लिष्ट शब्द। फल विशेष—फूट और बेर। व्यंग्यार्थ—आपसी फूट और बैर भाव।
2. अमरूद जैसे एक फल के बीज।
3. मुनक्का।
4. खरबूजे की जाति का एक श्रेष्ठ फल।

बेवकूफ बना। हिन्दोस्तान का आदमी लकलक[1] हमारे यहाँ का आदमी बुंबुक बुंबुक।[2] लो सब मेवा टके सेर।

पाचकवाला : *चूरन अमलबेत[3] का भारी।*

जिसको खाते कृष्ण मुरारी।।

मेरा पाचक है पचलोना।

जिसको खाता श्याम सलोना।।

चूरन बना मसालेदार।

जिसमें खट्टे की बहार।।

मेरा चूरन जो कोई खाय।

मुझको छोड़ कहीं नहिं जाय।।

हिन्दू चूरन इसका नाम।

बिलायत पूरन इसका काम।।

चूरन जब से हिन्द में आया।

इसका धन बल सभी घटाया।।

चूरन ऐसा हट्टा-कट्टा।

कीना दाँत सभी का खट्टा[4]।।

चूरन चला दाल की मण्डी।

इसको खायेंगी सब रण्डी।।

चूरन अमले[5] सब जो खावैं।

दूनी रिश्वत तुरत पचावैं।।

---

1. दुबला-पतला।
2. बहादुर, बलवान।
3. एक खट्टा फल।
4. मुहावरा : पराजित करने के अर्थ में।
5. कचहरी के कारिन्दे।

चूरन नाटकवाले खाते।
इसकी नकल पचाकर लाते[1]*।।*
चूरन सभी महाजन खाते।
जिससे जमा हजम कर जाते।।
चूरन खाते लाला लोग।
जिसको अकिल अजीरन[2] *रोग।।*
चूरन खावैं एडिटर जात।
जिनके पेट पचै नहिं बात।।
चूरन साहेब लोग जो खाता।
सारा हिन्द हजम कर जाता।।
चूरन पूलिसवाले खाते।
सब कानून हजम कर जाते।।
ले चूरन का ढेर, बेचा टके सेर।।

मछलीवाली : मछरी ले मछरी।
मछरिया एक टके कै बिकाय।
लाख टका कै बाला[3] *जोबन गाहक सब ललचाय।।*
नैन-मछरिया रूप-जाल में, देखत ही फँसि जाय।।
बिनु पानी मछरी सो बिरहिया, मिलै बिना अकुलाय।।

जातवाला (ब्राह्मण) : जात लें जात, टके सेर जात। एक टका दो, हम अभी अपनी जात बेचते हैं। टके के वास्ते ब्राह्मण से धोबी हो जायँ और धोबी को ब्राह्मण कर दें, टके के वास्ते जैसी कहो वैसी व्यवस्था दें। टके के वास्ते झूठ को सच करें। टके

---

1. रिश्वत लेते कारिन्दों का अभिनय करते हैं।
2. अक्ल की अपच
3. कुँवारा।

के वास्ते ब्राह्मण से मुसलमान, टके के वास्ते हिन्दू से क्रिस्तान। टके के वास्ते धर्म और प्रतिष्ठा दोनों बेचें, टके के वास्ते झूठी गवाही दें। टके के वास्ते पाप को पुण्य मानें, टके के वास्ते नीच को भी पितामह बनावें। वेद धर्म कुल-मरजादा सचाई-बड़ाई सब टके सेर। लुटाय दिया अनमोल माल। ले टके सेर।

बनिया : आटा, दाल, लकड़ी, नमक, घी, चीनी, मसाला, चावल ले टके सेर।

(बाबा जी का चेला गोबरधनदास आता है और सब बेचनेवालों की आवाज सुन-सुनकर खाने के आनन्द में बड़ा प्रसन्न होता है।)

गोबरधनदास : क्यों भाई बनिये, आटा कितने सेर?

बनिया : टके सेर।

गोबरधनदास : और चावल?

बनिया : टके सेर।

गोबरधनदास : और चीनी?

बनिया : टके सेर।

गोबरधनदास : और घी?

बनिया : टके सेर।

गोबरधनदास : सब टके सेर। सचमुच।

बनिया : हाँ महाराज, क्या झूठ बोलूँगा।

गोबरधनदास : *(कुँजड़िन के पास जाकर)* क्यों माई, भाजी क्या भाव?

कुँजड़िन : बाबा जी, टके सेर। निनुआ, मुरई, धनिया, मिरचा, साग सब टके सेर।

गोबरधनदास : सब भाजी टके सेर! वाह-वाह! बड़ा आनन्द है। यहाँ सभी चीज टके सेर। *(हलवाई के पास जाकर)* क्यों भाई हलवाई! मिठाई कितने सेर!

हलवाई : बाबा जी! लड्डुआ, जलेबी, गुलाबजामुन, खाजा सब टके सरे।

गोबरधनदास : वाह! वाह!! बड़ा आनन्द है। क्यों बच्चा, मुझसे मसखरी तो नहीं करता? सचमुच सब टके सेर?

हलवाई : हाँ बाबा जी, सचमुच सब टके सेर। इस नगरी की चाल[1] ही यही है। यहाँ सब चीज टके सेर बिकती है।

गोबरधनदास : क्यों बच्चा! इस नगर का नाम क्या है?

हलवाई : अन्धेरनगरी।

गोबरधनदास : और राजा का क्या नाम है?

हलवाई : चौपट्ट राजा।

गोबरधनदास : वाह! वाह! अन्धेर नगरी चौपट्ट राजा, टका सेर भाजी टका सेर खाजा *(यही गाता है और आनन्द से बगल बजाता है)।*

हलवाई : तो बाबा जी, कुछ लेना-देना हो तो लो-दो।

गोबरधनदास : बच्चा, भिक्षा माँगकर सात पैसे लाया हूँ, साढ़े तीन सेर मिठाई दे-दे, गुरु-चेले सब आनन्दपूर्वक इतने में छक जायेंगे।

(हलवाई मिठाई तौलता है—बाबा जी मिठाई लेकर खाते हुए और अन्धेर नगरी गाते हुए जाते हैं।)

(यवनिका गिरती है)

---

1. चलन, परम्परा।

तीसरा अंक

स्थान—जंगल

(महन्त जी और नारायणदास एक ओर से 'राम भजो' इत्यादि गाते हुए आते हैं और दूसरी ओर से गोबरधनदास 'अन्धेर नगरी' गाते हुए आते हैं)

महन्त : बच्चा गोबरधनदास! कह, क्या भिक्षा लाया? गठरी तो भारी मालूम पड़ती है।

गोबरधनदास : बाबा जी महाराज! बड़े माल लाया हूँ, साढ़े तीन सेर मिठाई है।

महन्त : देखूँ बच्चा! *(मिठाई की झोली अपने सामने रखकर खोलकर देखता है)* वाह! वाह! बच्चा! इतनी मिठाई कहाँ से लाया? किस धर्मात्मा से भेंट हुई?

गोबरधनदास : गुरु जी महाराज! सात पैसे भीख में मिले थे, उसी से इतनी मिठाई मोल ली है।

महन्त : बच्चा! नारायणदास ने मुझसे कहा था कि यहाँ सब चीज टके सेर मिलती है, तो मैंने इसकी बात का विश्वास नहीं किया। बच्चा, यह कौन-सी नगरी है और इसका कौन राजा है, जहाँ टके सेर भाजी और टके सेर ही खाजा है?

गोबरधनदास : अन्धेर नगरी चौपट्ट राजा, टके सेर भाजी टके सेर खाजा।

महन्त : तो बच्चा! ऐसी नगरी में रहना उचित नहीं है, जहाँ टके सेर भाजी और टके ही सेर खाजा हो।

दोहा

सेत सेत[1] सब एक से, जहाँ कपूर कपास।
ऐसे देस कुदेस में, कबहुँ न कीजै बास।।
कोकिला वायस[2] एक सम, पण्डित मूरख एक।
इन्द्रायन[3] दाड़िम[4] विषय, जहाँ न नेकु विवेक।।
बसिये ऐसे देस नहिं, कनक-वृष्टि[5] जो होय।
रहिये तो दुख पाइये, प्रान दीजिये रोय।।

सो बच्चा चलो यहाँ से। ऐसी अन्धेर नगरी में हजार मन मिठाई मुफ्त की मिले तो किस काम की? यहाँ एक छन नहीं रहना।

गोबरधनदास : गुरु जी, ऐसा तो संसार-भर में कोई देस ही नहीं है। दो पैसा पास में रहने ही से मजे में पेट भरता है। मैं तो इस नगरी को छोड़कर नहीं जाऊँगा। और जगह दिन-भर माँगो तो भी पेट नहीं भरता।

---

1. श्वेत (रंगवाली चीजें)
2. कौआ
3. लाल रंग का एक सुन्दर, लेकिन कड़ुआ फल।
4. अनार
5. सोने की वर्षा, अर्थात् चाहे जितना धन मिले।

वरंच बाजे-बाजे[1] दिन उपास करना पड़ता है। सो मैं तो यही रहूँगा।

महन्त : देख बच्चा, पीछे पछतायेगा।

गोबरधनदास : आपकी कृपा से कोई दु:ख न होगा; मैं तो यही कहता हूँ कि आप भी यहीं रहिये।

महन्त : मैं तो इस नगरी में अब एक क्षण भर नहीं रहूँगा। देख मेरी बात मान नहीं पीछे पछतायेगा। मैं तो जाता हूँ। पर इतना कहे जाता हूँ कि कभी संकट पड़े तो हमारा स्मरण करना।

गोबरधनदास : प्रणाम गुरु जी, मैं आपका नित्य ही स्मरण करूँगा। मैं तो फिर भी कहता हूँ कि आप भी यहीं रहिये।

(महन्त जी नारायणदास के साथ जाते हैं; गोबरधनदास बैठकर मिठाई खाता है।)

(यवनिका गिरती है)

---

1. किसी-किसी

चौथा अंक

स्थान—राजसभा

(राजा, मन्त्री और नौकर लोग यथास्थान स्थित हैं)

एक सेवक : *(चिल्लाकर)* पान खाइये, महाराज।

राजा : *(पीनक[1] से, चौंक के घबड़ाकर उठता है)* क्या कहा? सुपनखा आयी ए महाराज। *(भागता है)*

मन्त्री : *(राजा का हाथ पकड़कर)* नहीं-नहीं, यह कहता है कि पान खाइये महाराज।

राजा : दुष्ट, लुच्चा, पाजी। नाहक[2] हमको डरा दिया। मन्त्री, इसको सौ कोड़े लगें।

मन्त्री : महाराज! इसका क्या दोष है? न तो तमोली पान लगाकर देता, न यह पुकारता।

राजा : अच्छा, तमोली को दो सौ कोड़े लगें।

मन्त्री : पर महाराज, आप पान खाइये सुनकर थोड़े ही डरे हैं, आप तो सुपनखा के नाम से डरे हैं, सुपनखा को सजा हो।

---

1. पिनक, हल्का नशा।
2. अकारण।

राजा : *(घबड़ाकर)* फिर वही नाम? मन्त्री तुम बड़े खराब आदमी हो। हम रानी से कह देंगे कि मन्त्री बेर-बेर[1] तुमको सौत बुलाने चाहता है। नौकर! नौकर! शराब—

दूसरा नौकर : (एक सुराही में से एक गिलास में शराब उलझ कर देता है।) लीजिये महाराज। पीजिये महाराज।

राजा : *(मुँह बना-बनाकर पीता है)* और दे।

(नेपथ्य में—'दुहाई है दुहाई' का शब्द होता है।)

कौन चिल्लाता है—पकड़ लाओ।

(दो नौकर एक फरियादी को पकड़ लाते हैं)

फरियादी : दोहाई है महाराज दोहाई है। हमारा न्याव होय।

राजा : चुप रहो। तुम्हारा न्याव यहाँ ऐसा होगा कि जैसा जम[2] के यहाँ भी न होगा—बोलो क्या हुआ?

फरियादी : महाराज! कल्लू बनिया की दीवार गिर पड़ी सो मेरी बकरी उसके नीचे दब गयी। दोहाई है महाराज, न्याव हो।

राजा : *(नौकर से)* कल्लू बनिये की दीवार को अभी पकड़ लाओ।

मन्त्री : महाराज, दीवार नहीं लायी जा सकती।

———

1. बार-बार।
2. यमराज।

राजा : अच्छा, उसका भाई, लड़का, दोस्त, आशना[1] जो हो उसको पकड़ लाओ।

मन्त्री : महाराज! दीवार ईंट-चूने की होती है, उसको भाई-बेटा नहीं होता।

राजा : अच्छा, कल्लू बनिये को पकड़ लाओ। *(नौकर लोग दौड़कर बाहर से बनिये को पकड़ लाते हैं)* क्यों बे बनिये! इसकी लरकी, नहीं बरकी, क्यों दबकर मर गयी?

मन्त्री : बरकी नहीं महाराज, बकरी।

राजा : हाँ-हाँ, बकरी क्यों मर गयी—बोल, नहीं अभी फाँसी देता हूँ।

कल्लू : महाराज! मेरा कुछ दोष नहीं। कारीगर ने ऐसी दीवार बनायी कि गिर पड़ी।

राजा : अच्छा, इस मल्लू को छोड़ दो, कारीगर को पकड़ लाओ। *(कल्लू जाता है, लोग कारीगर को पकड़कर लाते हैं)* क्यों बे कारीगर! इसकी बकरी किस तरह मर गयी?

कारीगर : महाराज, मेरा कुछ कसूर नहीं, चूनेवाले ने ऐसा बोदा[2] चूना बनाया कि दीवार गिर पड़ी।

राजा : अच्छा, इस कारीगर को बुलाओ, नहीं-नहीं निकालो, उस चूनेवाले को बुलाओ। *(कारीगर निकाला जाता है, चूनेवाला पकड़कर लाया जाता है)* क्यों बे खैर-सोपाड़ी-चूनेवाले! इसकी कुबरी कैसे मर गयी?

---

1. परिचित या सम्बन्धी
2. घटिया, बेजान।

चूनेवाला : महाराज! मेरा कुछ दोष नहीं, भिश्ती ने चूने में पानी ढेर दे दिया, इसी से चूना कमजोर हो गया होगा।

राजा : अच्छा, चुन्नीलाल को निकालो, भिश्ती को पकड़ो। *(चूनेवाला निकाला जाता है, भिश्ती लाया जाता है)* क्यों बे भिश्ती! गंगा- जमुना की किश्ती! इतना पानी क्यों दिया कि इसकी बकरी गिर पड़ी और दीवार दब गयी।

भिश्ती : महाराज! गुलाम का कोई कसूर नहीं, कसाई ने मसक इतनी बड़ी बनायी कि उसमें पानी जादे आ गया।

राजा : अच्छा, कसाई को लाओ, भिश्ती निकालो। *(लोग भिश्ती को निकालते हैं, कसाई को लाते हैं)*

क्यों बे कसाई, मशक ऐसी क्यों बनायी कि दीवार लगायी बकरी दबायी?

कसाई : महाराज! गड़ेरिया[1] ने टके पर ऐसी बड़ी भेड़ मेरे हाथ बेची कि उसकी मशक बड़ी बन गयी।

राजा : अच्छा कसाई को निकालो, गड़ेरिये को लाओ। *(कसाई निकाला जाता है, गड़ेरिया आता है)* क्यों बे ऊख पौंड़े के गड़ेरिये[1] ऐसी बड़ी भेड़ क्यों बेचा कि बकरी मर गयी?

गड़ेरिया : महाराज! उधर से कोतवाल साहब की सवारी आ गयी, सो उसके देखने में मैंने छोटी-बड़ी भेड़ का ख्याल नहीं किया, मेरा कुछ कसूर नहीं।

---

1. गड़ेरिया एक जाति। यहाँ व्यंग्यार्थ—मोटा गड़ेरिया।

राजा : अच्छा, इसको निकालो, कोतवाल को अभी सरबमुहर[1] पकड़ लाओ।

(गड़ेरिया निकाला जाता है, कोतवाल पकड़कर आता है) क्यों बे कोतवाल! तैंने सवारी ऐसी धूम से क्यों निकाली कि गड़ेरिये ने घबड़ाकर बड़ी भेड़ बेची, जिससे बकरी गिरकर कल्लू बनिया दब गया?

कोतवाल : महाराज महाराज! मैंने तो कोई कसूर नहीं किया, मैं तो शहर के इन्तजाम के वास्ते जाता था।

मन्त्री : *(आप ही आप)* यह तो बड़ा गजब हुआ, ऐसा न हो कि यह बेवकूफ इस बात पर सारे नगर को फूँक दे या फाँसी दे दे। *(कोतवाल से)* यह नहीं, तुमने ऐसे धूम से सवारी क्यों निकाला?

राजा : हाँ-हाँ, यह नहीं, तुमने ऐसे धूम से सवारी क्यों निकाला कि उसकी बकरी दबी?

कोतवाल : महाराज महाराज—

राजा : कुछ नहीं, महाराज महाराज, ले जाओ, कोतवाल को अभी फाँसी दो। दरबार बरखास्त।

(लोग एक तरफ कोतवाल को पकड़कर ले जाते हैं, दूसरी ओर से मन्त्री को पकड़कर राजा जाते हैं)

(यवनिका गिरती है)

---

1. तुरन्त।

पाँचवाँ अंक

स्थान—अरण्य

(गोबरधनदास गाते हुए आते हैं)

(राग काफी)

अन्धेर नगरी अनबूझ राजा।
टका सेर भाजी टका सेर खाजा।।
नीच ऊँच सब एकहि ऐसे।
जैसे भँड़ुए पण्डित तैसे।।
कुल-मरजाद न मान बड़ाई।
सबै एक से लोग-लुगाई।।
जात-पाँत पूछै नहिं कोई।
हरि को भजै सो हरि को होई।।
बेश्या जोरू एक समाना।
बकरी गऊ एक करि जाना।।
साँचे मारे मारे डोलैं।
छली दुष्ट सिर चढ़ि चढ़ि बोलैं।।
प्रगट सभ्य अन्तर छलधारी।
सोई राजसभा बल भारी।।
साँच कहैं ते पनही[1] खावैं।
झूठे बहु बिधि पदवी पावैं।।

---

1. जूता।

छलियन के एका के आगे।
लाख कहौ एकहु नहिं लागे।।
भीतर होइ मलिन[1] की कारो।
चहिए बाहर रंग चटकारो।।
धर्म अधर्म एक दरसाई।
राजा करे सो न्याव सदाई।।
भीतर स्वाहा बाहर सादे[2]।
राज करहिं अमले अरु प्यादे।।
अन्धाधुन्ध मच्यौ सब देसा।
मानहुँ राजा रहत विदेसा।।
गो द्विज श्रुति आदर नहिं होई।
मानहुँ नृपति विधर्मी कोई।।
ऊँच नीच सब एकहिं सारा।
मानहुँ ब्रह्म-ज्ञान बिस्तारा[3]।।
अन्धेर नगरी अनबूझ राजा।
टका सेर भाजी टका सेर खाजा।।

(बैठकर मिठाई खाता है)

—गुरु जी ने हमको नाहक यहाँ रहने को मना किया था। माना कि देस बहुत बुरा है, पर अपना क्या? अपने किसी राजकाज में थोड़े हैं कि कुछ डर है, रोज मिठाई चाभना[4], मजे में आनन्द से राम-भजन करना।

---

1. मैला।
2. भीतर से काले, ऊपर से निर्मूल। धूर्त कपटी।
3. जैसे ब्रह्म-ज्ञानी हों, जो ऊँच-नीच को समान भाव से देखते हैं। (व्यंग्य भाव है।)
4. छककर खाना।

(मिठाई खाता है। चार प्यादे चार ओर से आकर उसे पकड़ लेते हैं)

पहला प्यादा : चल बे चल, बहुत मिठाई खाकर मुटाया है। आज पूरी हो गयी।

दूसरा प्यादा : बाबा जी चलिये, नमोनारायन कीजिये।

गोबरधनदास : *(घबड़ाकर)* हैं! यह आफत कहाँ से आयी! अरे भाई, मैंने तुम्हारा क्या बिगाड़ा है जो मुझको पकड़ते हो?

पहला प्यादा : आपने बिगाड़ा है या बनाया है इससे क्या मतलब, अब चलिये। फाँसी चढ़िये।

गोबरधनदास : फाँसी। अरे बाप रे बाप फाँसी!! मैंने किसकी जमा[1] लूटी है कि मुझको फाँसी! मैंने किसके प्राण मारे कि मुझको फाँसी!

दूसरा प्यादा : आप बड़े मोटे हैं, इस वास्ते फाँसी होती है।

गोबरधनदास : मोटे होने से फाँसी? यह कहाँ का न्याय है! अरे, हँसी फकीरों से नहीं करनी होती।

पहला प्यादा : जब सूली चढ़ लीजियेगा तब मालूम होगा कि हँसी है कि सच। सीधी राह से चलते हो कि घसीटकर ले चलें?

गोबरधनदास : अरे बाबा, क्यों बेकसूर का प्राण मारते हो? भगवान् के यहाँ क्या जवाब दोगे?

पहला प्यादा : भगवान् को जवाब राजा देगा। हमको क्या मतलब। हम तो हुक्मी बन्दे[2] हैं।

गोबरधनदास : तब भी बाबा बात क्या है कि हम फकीर आदमी को नाहक फाँसी देते हो?

---

1. कोष, खजाना।
2. हुक्म बजानेवाले।

पहला प्यादा : बात यह है कि कल कोतवाल को फाँसी का हुक्म हुआ था। जब फाँसी देने को उसको ले गये, तो फाँसी का फन्दा बड़ा हुआ, क्योंकि कोतवाल साहब दुबले हैं। हम लोगों ने महाराज से अर्ज किया, इस पर हुक्म हुआ कि एक मोटा आदमी पकड़कर फाँसी दे दो, क्योंकि बकरी मारने के अपराध में किसी-न-किसी को सजा होनी जरूर है, नहीं तो न्याव न होगा। इसी वास्ते तुमको ले जाते हैं कि कोतवाल के बदले तुमको फाँसी दें।

गोबरधनदास : तो क्या और कोई मोटा आदमी इस नगर भर में नहीं मिलता जो मुझ अनाथ फकीर को फाँसी देते हैं!

पहला प्यादा : इसमें दो बात है एक तो नगर भर में राजा के न्याव के डर से कोई मुटाता ही नहीं, दूसरे और किसी को पकड़े तो वह न-जाने क्या बात बनावे कि हमीं लोगों के सिर कहीं न घहराय[1] और फिर इस राज में साधू महात्मा इन्हीं लोगों की तो दुर्दशा है, इससे तुम्हीं को फाँसी देंगे।

गोबरधनदास : दुहाई परमेश्वर की, अरे मैं नाहक मारा जाता हूँ! अरे यहाँ बड़ा ही अन्धेर है, अरे गुरु जी महाराज का कहा मैंने न माना उसका फल मुझको भोगना पड़ा। गुरु जी कहाँ हो! आओ, मेरे प्राण बचाओ, अरे मैं बेअपराध मारा जाता हूँ गुरु जी गुरु जी—

(गोबरधनदास चिल्लाता है, प्यादे उसको पकड़कर ले जाते हैं)

[यवनिका गिरती है]

---

1. सिर न आ पड़े।

छठा अंक

स्थान—श्मशान

(गोबरधनदास को पकड़े हुए चार सिपाहियों का प्रवेश)

गोबरधनदास : हाय बाप रे! मुझे बेकसूर ही फाँसी देते हैं। अरे भाइयों, कुछ तो धरम विचारो! अरे मुझ गरीब को फाँसी देकर तुम लोगों को क्या लाभ होगा? अरे मुझे छोड़ दो। हाय! हाय! *(रोता है और छुड़ाने का यत्न करता है)*

पहला सिपाही : अबे, चुप रह—राजा का हुक्म भला कहीं टल सकता है? यह तेरा आखिरी दम है, राम का नाम ले—बेफाइदा क्यों शोर करता है? चुप रह—

गोबरधनदास : हाय! मैंने गुरु जी का कहना न माना, उसी का यह फल है। गुरु जी ने कहा था कि ऐसे नगर में न रहना चाहिए, यह मैंने न सुना! अरे! इस नगर का नाम ही अन्धेर नगरी और राजा का नाम चौपट्ट है, तब बचने की कौन आशा है। अरे! इस नगरी में ऐसा कोई धर्मात्मा नहीं है जो इस फकीर को बचावे। गुरु जी कहाँ हो? बचाओ-बचाओ-गुरुजी-गुरुजी—

(रोता है, सिपाही लोग उसे घसीटते हुए ले चलते हैं। गुरु जी और नारायणदास आते हैं)

गुरु : अरे बच्चा गोबरधनदास! तेरी यह क्या दशा है?

गोबरधनदास : *(गुरु को हाथ जोड़कर)* गुरु जी! दीवार के नीचे बकरी दब गयी, सो इसके लिए मुझे फाँसी देते हैं, गुरु जी बचाओ।

गुरु : अरे बच्चा! मैंने तो पहिले ही कहा था कि ऐसे नगर में रहना ठीक नहीं; तैंने मेरा कहना नहीं सुना।

गोबरधनदास : मैंने आपका कहा नहीं माना, उसी का फल मिला। आपके सिवा अब ऐसा कोई नहीं है जो रक्षा करे। आप ही का हूँ, आपके सिवा और कोई नहीं *(पैर पकड़कर रोता है)।*

गुरु : कोई चिन्ता नहीं, नारायण सब समर्थ हैं। *(भौं चढ़ाकर सिपाहियों से)* सुनो, मुझको अपने शिष्य को अन्तिम उपदेश देने दो, तुम लोग़ तनिक किनारे हो जाओ, देखो मेरा कहना न मानोगे तो तुम्हारा भला न होगा।

सिपाही : नहीं महाराज, हम लोग हट जाते हैं। आप बेशक उपदेश कीजिये।

(सिपाही हट जाते हैं। गुरु जी चेले के कान में कुछ समझाते हैं)

गोबरधनदास : *(प्रकट)* तब तो गुरु जी हम फाँसी चढ़ेंगे।

गुरु : नहीं बच्चा, मुझको चढ़ने दे।

गोबरधनदास : नहीं गुरु जी, हम फाँसी पड़ेंगे।

गुरु : नहीं बच्चा हम। इतना समझाया नहीं मानता, हम बूढ़े भये, हमको जाने दे।

गोबरधनदास : स्वर्ग जाने में बूढ़ा जवान क्या? आप तो सिद्ध हो, आपको गति-अगति से क्या? मैं फाँसी चढ़ूँगा।

(इसी प्रकार दोनों हुज्जत करते हैं। सिपाही लोग परस्पर चकित होते हैं)

पहला सिपाही : भाई! यह क्या माजरा है, कुछ समझ नहीं पड़ता।

दूसरा सिपाही : हम भी नहीं समझ सकते कि यह कैसा गबड़ा[1] है। *(राजा, मन्त्री कोतवाल आते हैं)*

राजा : यह क्या गोलमाल है?

पहला सिपाही : महाराज! चेला कहता है मैं फाँसी पड़ूँगा, गुरु कहता है, मैं पड़ूँगा; मालूम नहीं पड़ता कि क्या बात है?

राजा : *(गुरु से)* बाबा जी! बोलो काहे को आप फाँसी चढ़ते हैं?

गुरु : राजा! इस समय ऐसी साइत है कि जो मरेगा, सीधा बैकुण्ठ जायेगा।

मन्त्री : तब तो हमीं फाँसी चढ़ेंगे।

गोबरधनदास : हम हम। हमको तो हुकुम है।

कोतवाल : हम लटकेंगे। हमारे सबब तो दीवार गिरी।

राजा : चुप रहो, सब लोग। राजा के आछत[2] और कौन बैकुण्ठ जा सकता है, हमको फाँसी चढ़ाओ, जल्दी-जल्दी।

गुरु : जहाँ न धर्म न बुद्धि नहिं, नीति न सुजन समाज।
ते ऐसहि आपुहि[3] नसैं, जैसे चौपट राज।।

[राजा को लोग टिकठी[4] पर खड़ा करते हैं]

[पटाक्षेप]

---

1. धुन्ध। (यहाँ आशय अस्पष्ट बात से है)।
2. जीवित रहते।
3. अपने आप, स्वयं।
4. फाँसी के लिए लगाया गया तख्ता।